CAO TANG

有温度有质感的大唐风骨
有颜面有尊严的当代诗歌

顾　　问　吉狄马加

主　　任　梁　平　杨晓阳
副 主 任　张新泉　李　怡
编　　委　尚仲敏　姜　明　陈海泉
　　　　　赵晓梦　凸　凹　彭　毅
　　　　　李明政　千　野　李龙柄

主　　编　梁　平
执行主编　熊　焱

副 主 编　李海洲（特邀）
编辑部主任　桑　眉
美术总监　宋　旱
责任编辑　程　川　蔡　曦
发稿编辑　吴小虫　林　栖　舒　展
责任校对　蓝　海　安　素

出版发行　四川文艺出版社（成都市槐树街2号）
网　　址　www.scwys.com
电　　话　028-86259287（发行部）028-86259303（编辑部）
传　　真　028-86259306
邮购地址　成都市槐树街2号四川文艺出版社邮购部　610031
印　　刷　成都市新都华兴印务有限公司
成品尺寸　185mm×260mm　　开　本　16开
印　　张　6.5　　　　　　　　字　数　160千
版　　次　2022年02月第一版　印　次　2022年02月第一次印刷
书　　号　ISBN 978-7-5411-6258-9
定　　价　15.00元

投稿／联系邮箱：ctsk2016@126.com
电话：028-61352760/86640163
地址：成都市锦江区书院西街1号亚太大厦7楼草堂诗刊社

图书在版编目（CIP）数据

草堂．第66卷／梁平主编．－－成都：四川文艺出
版社，2022.2
　ISBN 978-7-5411-6258-9

　Ⅰ．①草…　Ⅱ．①梁…　Ⅲ．①诗集－中国－当代
Ⅳ．①I227

中国版本图书馆CIP数据核字(2021)第280344号

Contents
目录
2022-02（总第66卷）

[封面诗人]_4
李轻松_致无尽关系（组诗）
李轻松_万物与以前一样
张德明_诗人建构的关系学
　　　　——读李轻松组诗《致无尽关系》

[实力榜]_16
苏历铭_白纸（组诗）
莫卧儿_春日诗笺（组诗）
李满强_时间已经析出了足够的盐（组诗）

[非常现实]_29
马　累_故乡诗篇（组诗）
于成大_盖州略记（组诗）
范庆奇_尘埃里的低吟（组诗）
吴群芝_那里的天空太小（三首）
李　蓉_写给父亲的诗（三首）

[最青春] _ 40
张雪萌_犀牛角杯（三首）
袁永苹_山脉与河流（组诗）
卢 山_向雪的词根深处进发（组诗）
张 随_雨夜谈诗（组诗）
周小霞_清平乐（组诗）

[中坚] _ 53
人 邻_尘世杂诗（组诗）
黄金明_暮年和早年的阅读课（组诗）
施茂盛_游神（组诗）
离 离_听一首歌（组诗）

[中国诗家访谈] _ 64
洪子诚VS后商_"十七年"及其尾音

[大雅堂] _ 74
沙 克_入川遇灵记（组诗）
石 莹_高处是何处（组诗）
雷元胜_晨曦与鸟鸣（三首）
庞清明_拿出足够的智慧尝试犯错（外一首）
汪贵沿_说红楼
詹义君_礼物（三首）
尔东马_风掌握着全部修辞

沈惠玲_隐身术（外一首）
雅 北_慢城，慢生活
鲁 川_春潮涌（三首）
陈 鑫_出生日
理 坤_在长海（三首）
吴 艺_风声（外一首）
刘 创_千年古树（外一首）
项建新_夜走儿时路，遇见芦花（外一首）
清 香_那时的冬天不冷
小 孩_相思成灾
王 晶_记忆
沈文军_看外孙女弹琴
紫藤晴儿_早秋（外一首）

[实验经纬] _ 96
叶 丹_美猴王考（三首）
林丽筠_此在（组诗）

[子美逸风] _ 101
赵无论 潘 泓 曹 丰

[封三·书画]
小楷《心经》 欧阳江河

封面
诗人

Featured poet

Cao Tang

致无尽关系（组诗）

◎ 李轻松

[致先人]

有一些先人我都见过，在我的高鼻梁中
小脚趾中、血型中、文艺细胞中
那一年，二爷烧掉了家谱，被火光吞噬的脸
一半阴一半阳。从此他便失了七分魂魄
被那堆灰埋葬，一天比一天憔悴、痴傻

我遗失在血脉中。向日葵被扭断头颅
野兽的脚爪悬于屋檐。我总是过度敏感
被众多先灵围困，找不到阴影的来源
在四点钟的凌晨扼住峡谷
那要冲破胸膛的姓氏、墙壁与血流

多么稀薄！我不知后辈从哪个字开始
才能追溯到一匹马、一条河、一阵歌哭
枝条痛断的清晨啪啪拍响尘灰
那嗒嗒的马蹄声从远及近，及槐树，及灵位
至于我是来自山东还是河北，我已无从得知
我对出生地已渐渐淡忘，对归属地又知之甚少

[致祖父]

你有着显赫的名字——李光耀,却没有显赫的家世
一根扁担一对兄弟的故事,你讲过数遍
但你有一副好身板,酿酒高手
你只喝二锅头,总是一口喝干
不耍酒疯,不打诳语,在高粱囤子里醒酒
在医巫间山的脚下种植

罂粟花开:你腰身渐渐弯曲
我只知三代,光、泽、德,
之上与之下,都已淹没
你犹如先知,从三阳开泰开始,
预知百年的风云。自己的死期将至
盛装的童男童女接驳,你绝食七日
一日比一日接近神祇
直到你面带微笑,安详离去

你还是个好绳匠,从麻到绳子,
从农事到酒事,有人喝酒,有人打结
有人酒中跌倒、升天,有人绳子捆柴、上吊
而你的顺时针与逆时针
都在这一刻交集、纠缠、解开……

[致十年]

十年前,我在长山岛写诗、看萤火虫、坐船出海
你病危的消息与海潮一起传来
我与无数的海鸥往回赶,车坏两次,改乘,换乘
待我赶到时,你已过世六个小时。

父亲,仿佛天意让我不能为你送终
你不等我见你最后一面
想到此生再也没有父亲,乳名荒废

我就泪如泉涌……那放飞的鸽子瞬间消失
往生经念了五天五夜,护佑你转身
你的眼睛始终不闭,如天空般瓦蓝
你穿寿衣时,身体柔软,仿佛生前一样
我一路抛撒的花瓣被风捧走
一些放你灵前,一些喂养了仙鹤
想写一篇长文祭你,却总是无从下手

十年来,我成为一座行走的墓碑
碑文上的姓氏、生辰与血型已模糊
而抹不平的伤口与偏执,还那么深。
我想听你开怀大笑,或高歌一曲
蓝蓝的天上白云飘——
白云下面,声声都已绝版
父亲,我不再向你诉说尘世的消息
从此,清风一面,一别两忘……

[致迎仙堡]

这是我的出生地,也叫故乡
那通往山外的小路已荒凉溢出——
那法则中的自然,法相的佛陀
都与我隔着一座山,三代人。
而我只看到三两峰,一条河
那延宕出去的蜜蜂、族群
生命里的农业乡愁,棉里针脚
那样的寂静!牛羊被赶上了山坡
那磨烂了的蹄子、反刍的青草
那襟前的绣花和荆棘
从绽出的棉花里露出败絮
你扑面而来。祖父母埋在山坡
父亲则在公墓。我前不着村后不着店
只有那棵老树,原罪已释,僻径加身……

[致虎头寺]

这是侘寂的大地,是余脉,也是起点
我说不出那候鸟的起伏,顺从多少坡度
才在小溪里呈现我的山冈、泉水、泥泞,
一只小兽换了毛色,混进寺里偷食
梨花一度绚烂,却在一句唱词里落尽
堂嫂在寺里扎纸活儿,个个都大红大绿
堂兄坐在轮椅上流着口水
远的繁花和近的荒凉
只隔一个纸人。时间改变了河道
公鸡的打鸣声及经声的深浅
寺里的佛相也已斑驳,褪色
只一炷香的工夫,姑妈们从青春里退潮
只剩下小姑还在世。八十五岁,远在天涯
山坡上的祖坟又恢复了原状
大理石、狮子、仙鹤都退了位
寺已封门,灰头土脸的四大天王
面相还那么凶!一粒尘埃跌落下去
和远道而来的春天,都那么幽暗
而我却是个获救的人,月色浅,草木深……

[致青纱帐]

七月的青纱帐又起,燕子与虫子欢腾
地平线和叔伯们漾出来,呼吸墨绿
吃高粱米饭和玉米饼子长大的人
皮肤粗糙却都有一副好心肠
丘陵上高粱那么俊美,玉米朴素
在叶子如刀的傍晚。风顺着垄沟吹
当然也顺着穗子和皱纹吹
叶子哗哗响起时,大姑娘一脸沉迷
仿佛大海起伏,在波涛与人言之间
在通红的脸膛和洞房之间

大伯骑马隐没于月亮和绺子
二伯唱着戏词过了大小凌河
等到青纱帐落,他们已是满头霜雪
七星偏西时分,大多已经凋零
不知今夜是父辈们漫过了青纱帐
还是青纱帐漫过了众生……

[致母禽]

可爱的家禽们,你们一直在家
都有乳名,都被家人呼喊、应答
从一颗卵开始,便有了母性的温度
可爱的尖喙。你们破壳而生
像雪夜有人在叩动家门。母亲们、姐妹们
仿佛都长出温存的羽毛
人禽对视,每只眼睛都亮如星辰
注视幼息时都有人类的目光
那一刻,我们都爱自己的孩子
身边的草木、人间的粮食
还有自我的花纹。一只盛开的鸟儿
每次张开翅膀,都自带小宇宙
而母禽们,你们引颈、蓬羽、护息
每只孵化的禽类都是飞天
众禽诵唱:你与人类毗邻
而人类与万物毗邻

[致夏日午后]

雨之午后。蔷薇科的午后,带刺的午后,
有红白两色的裂纹在蔓延
而半截流水无知,黑木耳生长的
柞木之午后。有梦中人顺着花径走来
他面目不清,口齿缺失

暴露了我豁牙的午后
刺尖沾满了手,仙人掌的纹络里
一朵花垂下头,孕育了那些疼
而我要挑出那些刺却用了一生
兽群从山后消失,只剩一只瘸腿狼王
身影孤悬在山崖之上
如同丧失童贞的夏日午后
瞬间蝴蝶成蛹,花期成霜
这恹恹水边,有小羊羔出生后站起
跌跌撞撞地行走。有咩咩的叫声
让遍地的山羊和绵羊都有应答……

[致表嫂]

那是天神降临的清晨,一万道霞光
吹破蛋清般的脸庞。微风走了一程
歇于七个星座的家门,微醺
将水汽与琥珀抱在怀里
像你当年抱着嫁妆,小麦色里的春天
那么健美!而今你年过六十
每天身披满天星星,只为两百元工钱
还儿子的房贷,买春天的粮种
治表兄的病。你一脸紫檀
皱纹里浮出白马,而身后是轮椅
大牲口低头拉车,你抬头喘口气。
被露水打湿的裤角、鸡鸣和债务
每天都挣扎一个时辰。你说上辈没有积德
今生必得还债。一只大鹅开始冲锋,
被追逼的家狗跳了墙,而你比狗从容。
你叮嘱完家禽又跟羊圈说话
而骡马比露水早起,你摸黑离家
塔身里的肉体与灵魂,不知谁先抵达
山上的风车转了一次,鸟儿消失一只
这寂静大地上,神灵长眠在水畔或山冈

[致一场盛宴]

母亲八十八岁高龄,为她九十岁的长兄祝寿
几乎筹划了半年。穿哪件衣裳
随多少礼钱,带几个儿女
有姨舅、表兄妹与直系
有喜鹊、乌鸦和天鹅
盘根错节的树、大小枝丫都需打理
这节日里的盛大亲情,这红包里的雨水
仿佛干裂的虎口、裂痕里的花纹
每天一小时的电话粥,黏稠、浓烈
又加进了红豆、莲子和伦理
加进五服的本家,那血脉
那漫山的苹果任凭腐烂
没有一滴雨是无辜的!
一片树叶落下都会把母亲压垮
那被谋杀的血脉,那不见血的刀
都藏在时光交错中。有人祝酒
有人演戏,有人查看礼单
多少隔阂都从一场盛宴开始
她的耳朵又聋了一些。有人大声喊话
挑理,圆场,说谎,戏演到高潮,
刀刃卷起,要忍受那漫长的凌迟
那孔雀被拔光了羽毛,问候光鲜
寿宴被众人打包,桌子一片狼藉

那些匍匐的额头和鸽子
跟随转经的人走过三圈
有人顿悟,有人混沌,却都向夜市会聚
我也操着形形色色的刀具与典籍
走向市集。那叫卖声被寒风砍过
有人售卖青菜,有人买卖良心
还是五谷杂粮最贴心
那切不断理还乱的亲情
让我懂得哪样适合爆炒
哪样适合清炖。相当于烤串、鸡鸭和鱼肉
我更偏爱西兰花、豆芽菜和秋葵
一些归宿在口腹之欲
一些归宿在灵魂叩问
至于内心浮屠几级,不说也罢

[致北塔公园]

我已经很久没有仰望星空了
很久,我在傍晚的北塔公园走六千步
再去夜市买菜。北塔是那么洁白!
喇嘛身披红色袈裟,佛陀法相庄严
那些磕长头的人膝盖发亮

万物与以前一样

◎ 李轻松

我想从卡佛说起,因为我先是喜欢他的小说。当时是一位女作家向我推荐他的,当然是他的小说。当我开始读他的作品时才惊讶地发现,他还写诗、写散文。我很兴奋,我喜欢一个作家不同的样式,我相信它们是互相映照的。当人们大谈他的小说时,我反而静下心来读他的诗,这个诗人的身份,卡佛本人也是在意的,强调的。这个生前的失业者、酒鬼、妻离子散者、英年早逝者,死后在墓上把诗人刻在了第一位,然后才是短篇小说家、散文家,说明卡佛很钟爱他的诗。卡佛的诗与他的小说一样,都带有一种灰暗,但我把它看成是他独有的色彩,你不能说灰色就不是颜色吧!他在小说中奉行的是"极简主义",我的理解就是大片的留白,尽可能地省略形容词,甚至是介词。这种克制尤其对我有用,使我对自己的铺张浪费感到羞愧。正因为他的简约,我在他的诗中也看到了一种空旷感。他最高超的手法是,他从不写满,所以他预留的空间极大。我最会意的地方是,他发现了这个世界的隐秘部分,"隐秘的心""万物与以前一样",他细微的观察和撕裂现实的冷酷感,呈现出了一种令人窒息的张力。他的克制与深邃常把我带入广阔的遐想,当然还有他适度的抒情,几乎就是一个样本,使情感在诗歌中的运用变得如此美妙。

由此,我需要改变一下我的写作习惯,我尝试最大限度地克制我的泛滥。多年来,我写得太满、太溢,没有留白,不懂极简,恣意汪洋几乎成为我的惯性。但从哪里开始呢?其实写作本身也是一种命运。

2021 年,疫情继续,每天诸事缠身,尤其是近九十岁母亲,不能去另一座城市去看她,只能每天通话。话题除了病毒、传染、消毒,便是她的兄弟姐妹,为芝麻粒大的事情伤心难过,一粒尘埃都会把她压垮,然后便是听力下降,有时我大声喊话,可她依然是自说自话，无法再形成交流。我不得不想，母亲离开家乡也已二十年，但她的魂依然还生活在那里，她对城市没有一点概念，故乡山水人情便是她的全部。但也因此，我沿着母系的河流，可以真实地触摸到血脉的延续，它是那样的有力，无法中断。

我离开家乡正好四十年，有一天梦见小时候生活的街道、房屋、左邻右舍，哪里都不再认识，四面竖起一道黑幕，把我紧紧地包围在其中，让我无法突围，我急得大哭起来……醒来时已是大汗淋漓。那些与我相关的街与道、山与水、亲戚同学，众多我熟悉的面孔全都鲜活起来。这一年，我写了一部反映农村改革开放四十年的长篇小说，让我将那些交织在一起的关系又重新梳理起来。

虽然1990年我的家彻底搬离故乡，但我每年都要回乡探望，从未间断过。那些我熟悉的亲人们，有时变得十分陌生，有时又能从他们的相貌与声音中找到血缘的联系。这秘而不宣的感觉是那么神秘莫测，似乎与我疏离已久，却又不可分割。这不仅是街与道的改变、山与河的退场、老人故去与新人出生，还有一些固有的观念更新、一些风俗消失、一些时光流逝……

我曾刻意回避的部分也会进入我的梦境，或不自主地来到我的文字里。因为，我依然与她血脉相连。我九十岁的奶奶和近一百岁的姥姥埋在那里，现在还住着我的两个舅舅及脑血栓后遗症的堂兄。而我对它的书写，剪不断理还乱，总是不由自主地被裹挟其中，无力自拔……

我想，这种关系实在是太强大了！仿佛我的伯父姑妈、舅舅姨母，还有他们的下一代，都是难以割裂的所在；那些山川河流、一草一木、家禽野兽，我与它们也有着千丝万缕的关系；那些时光过往、乡亲故日、乡路老屋，也一直在我的梦里存活着。四十年来，我似乎一直想要摆脱那种亲情的困扰，但我发现这是生命的根须，已深深地扎进命运，那隐藏在深处的爱与痛、得与失、悲与欢时刻牵扯着我、触动着我，只有这样的诗才能真正触摸到心跳。在中国这个文明古国走向现代化的进程中，发生在大地上的挣扎、挫折、失败与屈辱，使我们每个人都有动人的梦想与英雄传奇。这些错落纷繁的关系无穷无尽，是写不尽的资源。有时以为它们都已退场，但各种的交织令人困惑与欲罢不能。有时，我被网罗其中，挣不脱逃不掉，被折磨又被滋养。

在这样的书写过程中，诗意伴随着小说应运而生。我一直尝试以不同的形式来写作，比如，同一块布料，我希望做成裙子再做成衣衫，同一个题材，我愿意写成戏剧、小说和诗歌，我在这种穿梭变换中感受到无限的乐趣。诗写到现在，似乎享尽了那词语的繁华，但繁花的中央必是凋零。我曾经执迷于在空中飞翔，现在我更喜欢踏踏实实地落在地上。包括去掉一些形容词，更包括更简洁一些。当然，小说让我学会了叙事，当它重新回到我的诗歌中时，正好中和掉我的泛抒情，让我在虚与实之间找到了某种平衡。我愿意继续尝试下去，我愿意，在无尽的关系中，找到极简、朴素的那一种。我认命，被束缚、被围困，甚至被伤害，但也被滋养、被感动，甚至被拯救……

诗人建构的关系学

——读李轻松组诗《致无尽关系》

◎ 张德明

"世事洞明皆学问，人情练达即文章。"这是曹雪芹在《红楼梦》里写下的名联，历来被人引述甚多，个中的意味已深入人心。在我看来，诗歌创作既可以说是一种文章的书写，也可以说是一次学问的呈现，因此要想成为一位优秀的诗人，就必须在"世事洞明"和"人情练达"两方面下苦功夫。而不管世事还是人情，都必然牵涉到自我与他者的相互关系，于是，在对世事的不断洞明和对人情的逐渐练达之中，诗人常会悄然建构起一种网状的关系学，即主体与客体之间的错综复杂关系图谱。这里的主体自然就是作为讲述者和抒情者的诗人自我，而客体便是外在的人与物，也就是曹雪芹所说的"世事"与"人情"。李轻松的组诗《致无尽关系》正是诗人自我所建构的关系学的诗意呈现，借助这些分行叙说的抒情文字，我们能清晰捕捉到诗人对诸种生命关系的细心阅读、深刻理解与敏锐认知，进而在一定程度上能将她所拥有的心灵疆域和精神空间也识别出来。

自我与世事的相互联系，构成了诗人关系学建构中的基本组成部分。这世事包罗甚广，举凡动物植物、四季更替、风雨雷电、时间空间等，都可以说涵摄其间。李轻松的《致十年》无疑是对自我与时间的隐秘关联的诗性述说："十年前，我在长山岛写诗、看萤火虫、坐船出海／你病危的消息与海潮一起传来／我与无数的海鸥往回赶,车坏两次,改乘,换乘／待我赶到时,你已过世六个小时。"对于每一个人来说，父亲病危的消息，比任何其他消息都会让人心焦如焚，因此无论你此时身处何处，以最快的速度赶回亲人身边，与他完成人生最后的聚首，都是此刻最为迫切的心愿。无奈穿越长途的速度，还是没有赛过死神的脚步，没有在父亲临终前看上他最后一眼，成了诗人十年来始终无法愈合的心灵创伤。人与时间的关系往往就是这么复杂而又简单，人类往往顾虑重重，牵肠挂肚，希望时间能处处成人之美，但时间总是那样冷漠刻板，不动声色，人类多情而时间无情，这是残酷的宇宙法则。在历史的漫长岁月中，多情总比无情恼，多少的痛苦、悲切、遗憾、追悔莫及，都可归结为时间惹的祸根。"十年"，在每个人的生命时段里都可能算是一个不长不短的时间单元，人们常常感叹：一个人究竟能有多少个十年？"十年"，也构成了诗人李轻松量度自我情感的一种刻度，测算心中万千波澜的一把标尺。正是十年前错过与至亲见上最后一面的莫大遗憾，才使她十年来一直纠结于此，盘旋于此，始终无法轻松释怀："十年来，我成为一座行走的墓碑／碑文上的姓氏、生辰与血型已模糊／而抹不平的伤口与偏执，还那么深。／我想听你开怀大笑，或高歌一曲／蓝蓝的天上白云飘——／白云下面，声声都已绝版／父亲，我不再向你诉说尘世的消息／从此，清风一面，一别两忘……"其实不管是多少时间长度，多则十年、几十年，少则一分一秒，都有可能在诗人的心灵屏幕上留下深刻的印痕，让他生出无穷的感喟与念想，让他每每念及于此都会心起涟漪，情难自已。正因为此，诗人与时间之间的水乳关系，自然就是诗人建构的关系学中特别值得关注的要素。

《致迎仙堡》《致虎头寺》两首诗，言明了诗人与空间之间的隐在复杂关系。"迎仙堡"是诗人的故乡所在，这里留存着家族的繁衍与传承记忆，也在一定意义上构成了诗人生命的来路与根脉。在乡土中国的风俗习惯里，故乡是一个特别令人珍视的地方，那里的山川草木、人事物情，似乎都闪着奇异的光泽，令多少游子梦绕魂牵，迷途知返。而浩如烟海的中国古典诗歌，把大部分的篇幅都给予了乡土这块领地，中国古代卷帙浩繁的乡土田园诗与乡土中国的农业文明之间构成了深度互文的关系。但近代以来，随着中国现代化的不断推进，传统意义上的乡土世界正在不断瓦解，因此如果当代诗人还沉浸于对传统乡土田园的非理性、盲目式讴歌与咏赞之中，那么他写下的诗章所具有的真实程度，必然是可疑的。也就是说，我们如果不站在当下城市化、现代化不断扩张的历史语境下来客观审视乡土，我们就无法将属于当代人的特定乡土世界如实书写出来。而在我看来，当下还有不少诗人仍沉浸在某种幻象式的乡村膜拜和乡土怀想之中，他们对于乡土田园的赞美诗式的书写只能算作伪乡土诗，其历史真实和艺术真实都是要大打折扣的。我们知道，在不断城市化的历史背景下，许多出自农村的孩子都纷纷离开了故土，来到了大城市、小城市居住、营生，他们对乡土的情感是繁复的、纷乱的、五味杂陈的。因此，诗人要真实地呈现当下的乡土情貌，不是只讲诉它的安谧、祥和、牛羊静美、草木丰茂，还要正视它的破落、衰败、荒芜、今不如昨。这是中国社会不断发展时必然会经历的过程，也是乡土中国向现代化中国转型时可能要遭受的阵痛。李轻松的《致迎仙堡》就精彩地写出了现代乡土的斑驳情景，有效表露出诗人面对乡土时的复杂情绪。在诗人记忆里，乡土仍有着温馨和暖怀的一幕："那延宕出去的蜜蜂、族群／生命里的农业乡愁，棉里针脚／那样的寂静！"而可在诗人心痕上更多的可能是苦涩和难言："那通往山外的小路已荒凉溢出""祖父母埋在山坡／父亲则在公墓。我前不着村后不着店"，山村荒凉、亲人远逝，"我"与故乡的牵连越来越轻淡，从前那熟悉的、亲切的、温煦的乡土中国的背影，正在我们眼眸中默默地淡远、模糊，这就是而今的诗人们在书写故土乡村之时要理性面对的场景，而其中蕴含的历史丰富性和情感与伦理的复杂性，无疑充满着诗学价值，值得每一位诗人反复去审视、书写和表达的。另一首表述空间学的诗《致虎头寺》是对一座寺庙的诗化演绎。"虎头寺"或许是诗人故乡近旁的一座小寺，它曾留下了亲人们生活的印记，也就与"我"发生了关系，"堂嫂在寺里扎纸活儿，个个都大红大绿／堂兄坐在轮椅上流着口水"，"只一炷香的工夫，姑妈们从青春里退潮／只剩下小姑还在世"。也留有我童年生活的影子，"我说不出那候鸟的起伏，顺从多少坡度／才在小溪里呈现我的山冈、泉水、泥泞，／一只小兽换了毛色，混进寺里偷食／梨花一度绚烂，却在一句唱词里落尽"，因此，在诗人的关系学图谱里，它也占有着一定的份额。在那么多的空间场所中，诗人为何要对一座小寺庙不吝笔墨，或许是因为它与自我的存在、信仰、心灵、精神等都有着千丝万缕的联系，诗人感恩于这一切的相逢和福化，从而在最后吟出了"我却是个获救的人，月色浅，草木深……"的心曲。

动物和植物是人类的忠实伴侣，人与动物和植物的关系也是异常密切的，李轻松的《致青纱帐》和《致母禽》分别言述了自我对植物和动物的观照与体认，构建了人与动植物的关系学。在诗人眼里，"青纱帐"之所以令人记忆犹新，不断想起，是因为它既是一种美丽风景的所在，"丘陵上高粱那么俊美，玉米朴素"，更是一种持续地养育着我们身体和灵魂的物种，"吃高粱米饭和玉米饼子长大的人／皮肤粗糙却都有一副好心肠"。同时，它还见证了"我"的亲人们的成长史、情感史和生命史，大姑娘、大伯、二伯、父辈们，诗人在提及的这些亲人，都与这青纱帐有着密不可分的关系。在《致母禽》中，诗人所描画的母禽形象，无疑是人间母亲在动物界的化身，它们"从一颗卵开始，便有了母性的温度""注视幼崽时都有人类的目光"，正因为它们时时充满爱意，处处表达爱心，诗人才由衷地咏赞到，"母禽们，你们引颈、蓬羽、护崽／每只孵化的禽类都是飞天"。可以说，将身边动植物的存在涂抹上人文的色彩，让它们散发出人性的光芒，这是诗人建构人与动植物关系学时的基本表达策略。

毋庸置疑，自我与他人的相互联系所形成的人情关系，才是诗人所建构的关系学中最为重要的部分。人类是一种具有广泛社会性的高级动物，世上没有哪个人是单独存在的，每个人都会与其他人发生各种各样的交集，基于此，人所生活的世界也就顺理成章地形成了相互关联的人情世界，处理复杂的人情关系也由此成了人类生活的日常化形态。在我们的亲人序列里，无论父亲母亲，还是其他亲朋好友，都和我们的个体生存关联在一起，我们的成长记忆和生活册页上，都或多或少留有他们的精神印迹。这丝丝缕缕、或显或暗的印迹，也必然是诗人在其文学世界中建构关系学的重要线索和必要元素，构成了他们进行艺术创作的丰富泉源。在李轻松的这一组诗里，彰显人情关系的作品占了主要部分，《致先人》《致祖父》《致表嫂——》，乃至《致一场盛宴》，都可以看作此方面的力作。《致先人》是对自己先辈的理解与阐释，是传统的祖先崇拜意识在现代汉诗中的再度演绎，也是诗人对立足于血缘基础上的人情关系的记忆、想象的诗意呈现。该诗的第二节尤其传神："我遗失在血脉中。向日葵被扭断头颅／野兽的脚爪悬于屋檐。我总是过度敏感／被众多先灵围困，找不到阴影的来源／在四点钟的凌晨扼住峡谷／那要冲破胸膛的姓氏、墙壁与血流"，对每一个人来说，先人既是个体生命的源头和来历，有时又是个人某种潜在的心理负担和精神压力。对于后人而言，无数的先人既构成了他们无从选择的隐在历史，也会无形之间给他们带来"影响的焦虑"。《致先人》的第二节，就形象地传达了这些人文信息。《致祖父》也是表达晚辈对长辈敬意的一首诗。同样是致敬前辈，如果说《致先人》写的是一个群体、一个复数形式的前辈的话，那么《致祖父》写的则是一个鲜活的个体，一个离诗人距离很近的前辈。在这首诗里，诗人先是用叙事的笔法，以平实的口语，刻画了一个朴素、憨厚、老实的先辈形象，继而又述其面对生命大限时的从容与坦然："自己的死期将至／盛装的童男童女接驾，你绝食七日／一日比一日接近神祇／直到你面带微笑，安详离去"，最后又聚焦他的手艺，以"而你的顺时针与逆时针／都在这一刻交集、纠缠、解开……"来形容一个好绳匠的人生形态，这是令人玩味的。总之，《致祖父》向我们描述了一个平凡普通的长辈形象，唯其平凡和普通，才更为亲切可爱，更为真实生动。平凡普通又让后辈没齿难忘，这或许就是我们大多数晚辈心中的长辈形象吧。《致表嫂——》是诗人致意同辈人的一首诗作，与以平凡朴实来描述祖父的笔法不同，对于表嫂的描述，诗人注入了很多传奇性的色彩和元素。如写她嫁入婆家时的情态，"那是天神降临的清晨，一万道霞光／吹破蛋清般的脸庞。微风走了一程／歇于七个星座的家门，微醺／将水汽与琥珀抱在怀里"，彰显了一个新娘子的风采与魅力。再如写她忍辱负重、一个人操持一家的场景，"你叮嘱完家禽又跟羊圈说话／而骡马比露水早起，你摸黑离家／塔身里的肉体与灵魂，不知谁先抵达／山上的风车转了一次，鸟儿消失一只／这寂静大地上，神灵长眠在水畔或山冈"，借助传奇性的情景和场面，尽显了一个吃苦耐劳、勤俭持家的贤惠妇女形象。上述对象，都是跟诗人有着生命交集的亲人形象，借助观察、理解与想象，诗人将他们一一描述出来，从而构筑起了人情世界的关系学。

事实上，大千世界万事万物都是普遍联系在一起的，彼此之间往往相互纠缠、盘根错节，换句话说，我们所谓的"世事"与"人情"之分只是一种权宜之计，二者往往是勾连缠绕在一起，难以分割的。我们发现，李轻松在建构世事关系学时，往往不离人情的写照，而建构人情关系学时，又始终将这人情放在具体的时间和空间条件下来展开。由此可见，诗人借助自己的诗作所建构的关系学，无疑是与客观世界极度吻合的。

白 纸（组诗）

◎苏历铭

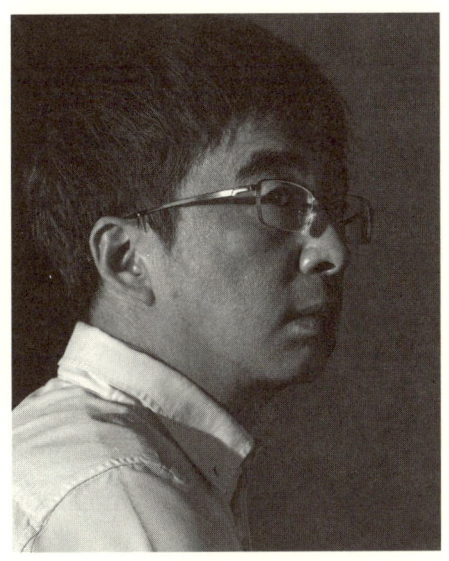

苏历铭
SU LI MING

【作者简介】苏历铭，生于黑龙江省佳木斯市。毕业于吉林大学，留学于日本筑波大学、富山大学，主修国民经济管理和宏观经济分析。资深投资银行人士。著有《田野之死》《有鸟飞过》《悲悯》《开阔地》《青苔的倒影》《苏历铭诗选》等诗集，随笔集《细节与碎片》。

[另一个自己]

我活得卑微
心底隐藏众多悲喜
遇见任何一个人
首先想到的是使用敬语
让所有人拥有尊严
让自己彬彬有礼

我更多选择顺从于生命的无奈
只在夜深人静时
用清茶冲淡淤积的忧伤
我经常安慰自己：浩瀚的宇宙里
星球不过是一粒尘埃
最终都将烟消云散
难以替天行道
何须大动肝火

另一个我
从来都是目空一切
不食人间烟火，让我无法安心
做一个谦谦君子
我有多妥协，他就有多愤怒
我有多忍让，他就有多冒犯
寒江孤影，像是传说中的侠客
剑指所有不公平

有时我会迷惑
哪一个是真实的自己
需要不断辨识自己的身份
犹豫不决时，另一个我
就会露出不易察觉的轻蔑
然后一语不发
扬长而去

[白纸]

生来我有一张白纸
懵懂之间,用蜡笔涂走了
无忧无虑的童年
故乡的春天是短暂的
风还没有吹绿屋脊上的青草
丁香花就谢了,细碎的花瓣
落在松花江的堤岸上

我用铅笔继续涂鸦
画出一条通往远方的铁轨
穿越铁桥的瞬间,蒸汽火车发出长鸣
撕裂低垂的云朵
嗖的一下,少年长出胡须
怀揣锃亮的钢笔
从此远走他乡

橡皮擦不去钢笔的字迹
更改不了注定的远行
不知不觉中,头发丢失一路
无从找寻的青春
已经藏在镜后,端详镜中的自己
只能闭上眼睛

白纸已经没有留白
忽然觉得无从落笔
半生稍纵即逝,如同退潮的海水
沙滩上残留的贝壳
无法游回大海

有人提醒我,把白纸翻过来
可以继续信笔游字
画出更美的图画
而翻过来的白纸虽然空无一字

已不是一张真正的白纸
浸满另面的笔迹

我可以自欺欺人
视而不见渗透的留痕
用彩笔美化污点
直至画出迎风招展的锦旗
生命是无奈的,纵有千百个不甘心
在光阴的轴心上
不再重新拥有一张白纸

[鸣沙山的骆驼]

骑在骆驼的背脊之上
我用手反复抚摸松软的驼峰
表达自己的感激之情
是什么样的缘分,让我们合为一体
游走于大漠的深处

翻越鸣沙山之后
俯身和骆驼告别
终于看清温顺的面容
眼睛溢满和善,像是失语的老友
目不转睛地辨认我
是不是走散的兄弟

在这尘世上,我们
各自有着自己的年复一日
有着无法言表的喜悦和哀伤
或许都有人界与畜界的颠倒
谁都不能挽留谁
各自有着生与死

我越来越多愁善感
经常把邂逅的生灵当作一种天注定
无法回避的感动构成余生的画面
任何华美大戏终究会落下帷幕
说到底，不舍是一瞬间
一生是一瞬间

[岁暮]

骤降的温度
逼近往年的最低气温
没有几次刺骨的严寒
冬天没有意义。平淡无奇的生活里
始终期待跌宕起伏的波澜
而波澜总在期待之外抵达
让人猝不及防

我不知道进化论
猿猴要经历怎么的茹毛饮血
才能站立行走。我也不相信
圣诞老人的存在
他要穿越怎样的风雪，把礼物
送给赤道附近的孩子

战火始终没有离开这个星球
杀戮之间，无数粒粮食横空飞走
多少孤儿嗷嗷待哺
饥饿比冬天更寒冷

没有人能预测疫情的终结时间
口罩紧紧拴住耳根，遮蔽
喜怒哀乐的表情
宇宙飞船可以实现太空对接

人间却找不到灵丹妙药
隐忍，有时是人类解决困境
无可奈何的药方

每年年底
我都会安静下来
盘点这一年的小事情
其实每一年都是乏善可陈
而我偏要回放既往的画面
在烟火生活的细节里找出些许感动
似乎只有这样，我才能继续
安心于生如蝼蚁的宿命

[创作谈]

  自写作开始，一直有意识地拒绝诗歌写作中的晦涩和奥义，用平实的词语叠加出意料之外的诗意传达，字里行间蕴含无限多的欲言又止。诗不应该由诗人自身完成，而是通过不同的阅读扩展诗的容量和维度，有限的词语才会超出作者本人的预想。
  我的诗歌写作始终围绕现代生活和生命体验而展开。诗人不可能离开时代背景孤零零地创造诗的小世界，诗要具备年代感。关注现代生活，只从亲历的感受和经验出发，忠实于因活生生的现实发生而产生的写作冲动。相信个体的感同身受，重视自身体验到的小视角、独视野和自心境。对现代文明冲击下的城市生活以及个体存在现状保持反思批判，内心始终充满对世间万物的善意和悲悯，把自省与温情当作自己诗歌不变的底色。
  诗应该具有智慧而不是机智，具有真诚而不是应对。我不会为了写作而写作，不会为了需要而写作，更不会被流行和时尚所裹挟。喜欢选取平凡的意象，浸润自己的思想和感情，使之具有诗意的发现。重视借助生活空间和自然空间参悟和领略生命的本质，再向精神空间转换和延伸，始终追求感觉与语言高度的一致，努力在文本中呈现生活激流和人生百态。坚持自己独特的感受和发现，使诗歌具有排他性，在各种诗歌风潮的转换以及诗歌同质化的变异中不迷失自己的写作立场和方向。

春日诗笺（组诗）

◎莫卧儿

莫卧儿
MO WO ER

【作者简介】莫卧儿，1977年生于四川，现居北京。中国作协会员，曾参加诗刊社第二十八届青春诗会。诗歌发表于《诗刊》《人民文学》《作家》《钟山》《星星》《扬子江》等，入选多种选本。著有诗集《当泪水遇见海水》《在我的国度》等四部，长篇小说《女蜂》。曾获第四届北京文艺网国际诗歌奖、第五届徐志摩诗歌奖、《现代青年》年度诗人、首届四川十大优秀青年诗人等奖项。

[渐行渐远的春天]

那只天刚亮就开始鸣叫
并且执着于同一音高的鸟儿不见了
无法确定飞进了深邃的蓝天
还是消失在橙红与黛青相接的地平线上

蜜蜂将嗡嗡作响的音箱调低音量
在杏花桃花纷纷残褪
青色幼小的果实
从嫩绿叶片间探头向外张望的时候

在案上翻阅《山家清供》的人
从"春采笋、蕨之嫩者，以汤瀹过"
一路行至"莲花中嫩房去穰截底，
中外涂以蜜，渔父三鲜供之"

大丛蔷薇已然凋谢，更多的植物疯长
就要淹没在自身的阴影中
她不担心屋后河水的涨势就像从不担心
云朵飞倦后用翅膀依偎着远山的胸膛

[包裹]

封条无效
南方的橙香和虫鸣
已经充满房间
就快要撑破北方清冷的空气

开箱，挪开满眼金黄
大大小小的山峰裸露出来
几包点心满足怀旧口味
快节奏心跳的包围中
尚未坍塌的味蕾已成捍卫的基石
大瓶钙片用于坚固身体支架

她停下手中动作，望向窗外
熙来攘往的路口
很少有人不动用心力就能认出自己

箱底里有袋小黄姜
母亲说得没错，家乡的姜味儿足
此刻那陈旧而悠远的气息轻易穿过
时间与空间之门，来到近前
熏得她差点儿流出眼泪

看上去能寄出的都寄出了
不能寄的亲人们没有寄

[谍]

就像那种鸟儿
一生只能御风飞行
如果不慎落地，等待它的是顷刻间死亡

他们只能永远在天空
演绎别人的际遇
灯影闪烁的面具舞会，黑暗巷道
危险的汽车追逐
每一个惊心的人生节点
都有那些忽隐忽现的身影

也会有生命中不能承受之轻吧
比如遇见了爱情
仿佛身体瞬间被洞穿，八面漏风
于是冒着被飓风卷走
被雷电摧毁成灰烬的危险
把命运交由对方掌控

或许有个别走运的
等到了最后着陆

但他们会不会在平静的日子里
忍不住仰望海水般深邃的天空
会不会在一个晴朗的日子突然追逐着风
展开双翅，飞回到天上

[槐 花]

槐花白且香
像个亲切的邻居
以为能够轻易靠近
但时常遇见
都是高悬枝头

槐花易飘落
在风中，在雨里
以为来得及触摸
却已和泥土拥抱在一起
投身生命的下次轮回

拿它酿蜜，烹饪
无非是为芬芳的季节
截取了一个切面

槐花有什么错
无非是稍纵即逝
无非远远看去像人间之物
走近了却有些恍惚
像在梦中
又像遇见久远的回忆

[雨]

很多时候是在半夜
踮着脚轻捷而来

因为细小
只有密集的声部证明他们曾经来过

黑暗中，耳朵能够分辨
来不及呼救的雨丝
跌入水坑迅速窒息
另一些在空中挣扎着拉长
生命轨迹，留下隐约光线
还有发出短暂嘶鸣的少数
只因听见了埋伏的风声

天亮后，盛大的寂静会很快
掩埋一切，忘却一切
仿佛刚刚举行过新春的葬礼

[春天的杂志]

一本杂志三月号封面
一方幽绿的深井
仿佛时间跌入宇宙
无尽的回声

一群三月里的人
跑着跑着
就替蜜蜂流下眼泪

风翻动书页
咀嚼新的，也咽下旧的
融化不掉的冰凌扎于心底
但不摇动白旗

盛典就要莅临
千年运河开始松动筋骨
纸上的明星纷纷站立起来
为即将拉开的大幕喝彩

没有什么放心不下
一切都来得及赶在错过之前发生

[不 雨]

不雨是穿蓝雨衣的季节没买到车票
墙上的数字日历变成墨汁淌下来

不雨是两颗柠檬背对背不语
刚变绿的叶子拍着手迎来又送别

不雨是听风辩论，风把答案给了尘埃
作为唯一知情人尘埃迟迟不肯出手

不雨是春天和夏天不想错过
一条路越走越窄直到后来消失

不雨是四月天有人放风筝，有人
捡风筝。高耸的塑像
倒塌的一瞬有泉从眼眶中奔涌而出

[创作谈]

  这些年我在慢慢变矮。
  这种说法是之于诗歌的。早些年的写作以抒情为主，比如看到宏大的东西，心中就莫名涌起各种情愫，然后主观地写下诗句，内容偏向虚空。近年来，我发现自己在渐渐"缩小""变矮"，矮到能和周围的事物平起平坐，因此得以谦逊地贴近、审视它们。
  自十八世纪六十年代工业革命以来，"物"深刻地改变了人类的生活和精神。出生于二十世纪七十年代末的我，也是伴随着改革开放后，"物"在中国的蓬勃兴起而成长的。如果无视"物"的广泛存在，于我也许是一种逃避。需要说明的是，上一自然段中所说的"周围的事物"是指包含了本段提到的物质在内的自我以外的世界，更多时候指向边缘的、被无视的事物，或者不被认为有诗意的事物。我更愿意在对这些庸常（甚至庸俗）的"物"的挖掘中得以窥见神性的光辉，让诗意从庸常中升起，从而建立自身和笔下之"物"的一种新型关系。这较之以往的抒情写作显然有着不同的路径和意义。
  如果说之前的写作多数时候是将臆想加之于客体，近期的写作则是在挖掘中发现。论及动因，也许不止一种，但我认为最可信的答案应该是一个诗歌写作者追求真实的过程，也是我认为写作的最高境界：真实。

时间已经析出了足够的盐（组诗）

◎李满强

李满强
LI MAN QIANG

【作者简介】李满强，1975年生于甘肃静宁，中国作协会员，鲁迅文学院第十九届中青年作家高研班学员。作品发表于《人民文学》《诗刊》《中国作家》《芳草》《星星》《飞天》等，入选数种选本。出版诗集《画梦录》《萤火与闪电》等四部，随笔集《陇上食事》。曾获"黄河文学奖""《飞天》十年文学奖"等奖项。参加诗刊社第二十四届青春诗会。

[引力之诗]

一个奇怪的想法在催促着他
春天里，蜜蜂抵达了花朵
鹰翅安慰着天空

而他接受了闪电的吸引
出于对美本能地热爱。他铤而走险
试图成为闪电本身

多么疯狂的念头！但在春天
鱼儿图谋上岸，老虎开始食素
一切美好的愿望都在变为可能

多年之后，天空里堆满了
灰烬和雨水，这些闪电的遗骸
都将获得时间的原谅和赞美

[第八层]

世间浮屠
只有七层

第八层
很少有人去过

我给自己挖了个坑
并且欢喜地跳将下去

[无所思]

浓雾中
看见前面有什么

似幻，似真

我一路小跑着
往前追赶

但是前面什么也没有
只是我，无意间
成了雾的一部分

[分心木]

我的心那么小
还要被分成四瓣：

一部分蓄满了爱，她的隔壁
住着责任

剩下的两部分分别是：
浩瀚的星空，无处不在的风

[酱 菜]

每年秋天，我都能收到远处寄来的酱菜
那些萝卜，车莲，辣椒，哦
还有洋姜和黄瓜，互相搀扶
一路跋山涉水

这些来自异乡的植物们
生前也许都不曾相互认识
都在各自的一亩三分地里
讨生活，经受着各自的风雨和雷电

而现在，它们被时间之手
收割，清洗，腌制……
住进了同一个屋檐下
带着阳光和香料浓郁的气味

"这酱菜真好吃！"低头时
我想起了远处，那个寄酱菜的人
时间已经析出了足够的盐
而我们已经好多年没有见面

[欢 喜]

少年时期我喜欢钻天杨
电影里，照片中，那些衣着整齐
步调统一的钻天杨，把笔直的道路
一一送向了远方

青年时期，我迷恋上了
南方的园林里的盆景树
他们三五闲坐，或长啸，或低吟
烹雪煮酒，闲聊着河东河西

而现在已是中年。北方的山冈上
我遇到一棵兀自生长的老槐树
它的孤独，似乎甘心情愿

每每困顿的时刻
我都喜欢靠着它坐下来，看
鸟儿来访，它微笑着递给枝丫
秋风吹彻，它欢喜地抱紧了大雪

[春天里的小银匠]

他在春天里快乐地敲打

给一个刚刚满月的小男孩
他借来一缕春风
完成了一把闪光的银锁

给一个将要出嫁的新娘
他依照一株春蕾
錾成了鲜花怒放的大银镯

给一个垂暮之年的妇人
他蘸了一丝春雨
将两只耳环清洗得银光发亮

快乐的小银匠,在春天
只专注于内心的事物
小小年纪,也许他早已知晓
命如铁石,将在敲打中发光

[信]

我曾给律法写过信
在我年轻的时候。祈求正义的阳光
能豁免每一个做了错事的孩子
也曾给远处的山水写过信
建议它能收留那些潦草却勇敢的脚步
我甚至给天空写过一封长信,希望
乌云永远不要遮住太阳。流浪的星星
能找到回家的路

黑字落在白纸上,如同
种子落在土壤里。而我期望中的草木
并没有长成足够的绿荫
胆汁太淡,纸张太薄
无法抵挡来自四面八方的风雨
多年之后,那些寄出的信
大都无人认领,被原封不动地退回

在中年的秋风里,我一遍遍
翻动这些旧日的倒影,那些
泛黄的纸片,如一面面镜子
照出了千百个未曾完成的我
哦,镜中人
这些年,你所有的劳作与幸福
就是不断擦拭这些白纸,不让他们
粘上哪怕一点儿灰尘

[创作谈]

若是从中学时代发表第一首分行文字算起，到2022年4月30日，正好三十年！

三十年时光，对于一个普通人来说，绝对是一段漫长而艰难的旅途。当初激情满怀的文学少年，如今已经被白发和皱纹覆盖，在中年日渐苍凉的风里，许多事物都已经彻底改变：亲人逝去、故土疏离、旧识零落……唯一没有改变的，似乎是"书写"这种方式还伴随着我。

在内心里，我更愿意把诗歌写作当作是自己选择的一种精神道路，是一种内省的修行方式。从来没有人要求和指导我怎么写，写什么。从青少年时期的无意识写作，到2006年左右的"村庄史"系列，再到近十年的"中年系列"，我只是在努力给自己寻找一个出口：把这个阶段生活告诉我的，用诗歌这种形式去告诉关注我的读者。

我很庆幸自己生活在一个高速发展的时代。快手，抖音，各种小程序在不断改变着传播方式，丰富和便利着人们的生活。但我还是喜欢用自来水钢笔，喜欢纸质的阅读，喜欢慢一些，再慢一些，好让我能听到和捕捉到一些万物细微的心跳：它们弥散着温暖、疼痛、悲悯、朴素、真诚的气息……而这些气息，让我在有限的时间里一次次驻足和沉醉，让我在尘埃里可以窥见一些光，请允许我把它们叫作：诗！

非常现实
Life And Poetry

Cao Tang

故乡诗篇（组诗）

◎马累

【作者简介】马累，本名张东，二十世纪七十年代生于山东淄博，中国作家协会会员。出版诗集三部。参加诗刊社第二十七届青春诗会。曾获"诗神"诗歌奖、《人民文学》诗歌奖、"红高粱"诗歌奖、山东文学奖、"曹禺"诗歌奖、湖山国际诗歌奖等。

[故乡·深陷]

从小时候起，我就痴迷于
那些被大人摘去果实的瓜藤
慢慢枯萎的过程，
仿佛某种隐秘的馈赠。

成年后读陶渊明、八大山人，
在暮晚的黄河边读他们内心
的禁锢与自由。
河面上痛苦的漩涡对应着
写作的司南。

如今我陷在故乡，
深陷《论语》和《诗三百》。
我已记不起故乡的炊烟断了多久，
我只知道漆黑的炉灶，
深深的底部吹来丝丝的微风。

我一直试图了悟生的内指。
我一直倾向于黄河上空的乌鸦，
执拗、叛逆，乐于苦行。
我甚至不能说我将一直深陷下去，
那些可能的奇迹。

[故乡·暮晚]

我看见父亲，
从黄河边的小菜园里直起身来，
背着手的同时也背着光。
菜畦上新翻出来的碎石
被他随意搭成一座袖珍佛堂的形状。
四野空旷，只有他一个人。
从我的视线直视，他日渐缩小的
身体与按他意愿搭起的
小佛堂之间有一种美妙的弧度，
支撑着某种奥义。

夕阳就要落到举头三尺的高度，
世间万物，永远无穷。
我看见他一个人自言自语，
仿佛在追忆过往的快意，
但痛苦却必须具备麦子花的形状
和益母草的味道。
如果我和他性质相同，
我们就会共存于这时光辽阔的牢狱。
如果写作是在深渊里垒砌悬崖，
那么生活，就是在阴影里运作光。
就是让广大的暮色清晰一些，
再清晰一些——
为人、为生。

[故乡·秘密]

直到现在我才稍微明白，
真理的本质就是一生都在
重复那些徒劳的事情。
比如晚年祖父对稻草人的
凝视深情而平静，
总会穿过黄河上空荒凉的雾气，
与我的双眼交叉在另一首
枯索的诗中。

而大部分时候，
真理就是把一个严丝合缝的
物事打开一个缺口。
比如小时候，
母亲在清凉的夜晚守在地头，
等待遥远的电闸闭合的瞬间。
电流穿过虚无的空气，
生锈的铁泵将黄河水注满沟渠。
我看着母亲用铁锹切开田垄，
我看着水哗哗地流进干涸的田地。
那时星光多么明亮与奢侈，
仿佛满天都是为母亲点燃的小灯笼。

当然，真理还可能具体地
表现为释怀与终未释怀。
比如黄河两岸万千生灵，
有些人活着的时候自私、暴躁，
但只要一死，立刻会换取人们
普遍的谅解。再比如，
每年汛期的时候，人们总是
往土地庙里聚集。
多少年了，洪水冲倒那么多房屋，
却始终未曾漫过它的台阶。
潮湿凝滞的空气中，
隐藏着多少摄人心魂的秘密。

[故乡·秋天]

我突然明白，故乡寂寥的
秋天并不是为人类准备的。
整个北方宏大的孤寂，也不是。

每年深秋的某些傍晚，
成群的黄河刀鱼会从入海口
逆流而上、游如飞梭，
像那些追求真理的人迷失在
真理深处。

我想要的生活是：
安静于时光流逝时的惊慌。
我能想到的最好时光是：强弩之末。
作为一个道德主义者，
我不需要以反道德的形式让人铭记。

我钟情旧山水，
也寄寓江湖扁舟上孤单的故人。
悲哀的性质是不同的，
大风穿越更远的山峰，
我想要的，永远是瞬间。

盖州略记（组诗）

◎于成大

【作者简介】于成大，1967年生于辽宁省盖州市。作品发表于《诗刊》《星星》《诗歌月刊》《诗潮》《诗林》《草堂》《中国诗人》《草原》《星火》《鸭绿江》《常青藤》等，作品被收入多种选本。曾获《诗刊》征文奖项。

[望儿山]

火车经过辽东半岛熊岳城时
总有旅客拥向东边的窗口——
一座山，让列车倾斜

母亲的目光寻过每一朵海浪
等待，有一座大海的规模——
眼睛找不到的，思念会找到
海凹下去的，山会挺起来

这些年
我在山下翻地、割草、开着拖拉机
突突突驶过响水河、熊岳城
第一场雪白了山峰时
我在内心说一句——
娘，回家了

[碧流河]

这是碧流河在盖州境内和落日中的
短暂停留
随后,它将头也不回地连夜
赶往他乡

多年来它一直这样
人间美好的事物一直这样

一只水鸟停在沙洲上
用长长的喙梳理这个黄昏的蓝
用双翅收拢河谷的苍茫

落日继续
一寸一寸地关闭了赤山群峰
它的行进多么不易觉察
仿佛我内心的忧伤

犬声嘹亮,水越流越远,它去往哪里
只有暮色和桃花知道
我骨头里的痛,只有落日和乡愁
知道

[烟市街,傍晚的劳务市场]

傍晚的寒风穿过劳务市场
眼前的沟壑里积满了落叶
我认出其中的
杨树叶、枫树叶、梧桐叶、柳树叶
北风将它们赶到了低洼之处

又一阵风吹过
远处墙角的那些人影,往一起
凑了凑

[煤场街,老赵太太]

老赵爷子八十三岁了
前列腺肥大,住院,手术

八十三岁的老太太小脑萎缩
一直不肯进屋,逢人就问——
我家老赵呢,见到我家老赵了吗

邻居一次次告诉她
但她会一次次接着问
她对两分钟之前的事情
没有任何记忆

女儿耐心地告诉她——
不是跟你说过很多次了吗
我爸住院了,过几天就回来……
老太太依然固执——
他没亲自告诉我
我要他亲自告诉我……

尘埃里的低吟（组诗）

◎范庆奇

【作者简介】范庆奇，生于 1997 年，现任教于重庆移通学院创意写作学院。云南省作家协会会员。作品发表于《诗刊》《星星》《江南诗》《诗歌月刊》《美文》《飞天》《延河》《青年作家》等。曾参加第十三届《星星》大学生诗歌夏令营、第十届《中国诗歌》"新发现"诗歌营。曾获首届"特写杯"非虚构大赛一等奖、第四届"求是杯"国际诗歌创作与翻译大赛创作类一等奖、曲靖市政府文学奖·新人新作奖、第七届"抒雁杯"青春诗赛一等奖等。

[山林小记]

去岳阳途中，经过一个山谷
两旁林木葱郁，路边开满了野花
平整泥路上鲜有车辆
这该是人迹罕至的地方
我们一路欣赏风景，一路闲谈
讲述城市高楼扩建和乡村消失——
那些吆喝的货郎不见了
那些换东西的挑夫不见了
村里的年轻人也不见了
——行到水边，有一座瓦房
老妇人在屋前喂鸡，她手里的竹竿
敲打着这片被遗忘的故地

[交通路 80 号记事]

白牛巷往南,路过三个路口
有天晚上我路过那里
门口蹲着一个中年男人
他双手抱头,掩面而泣
我站在树荫下,不敢打扰他
一个男人的哭声是多么可怕
就连高原的风也变得沉默
他身后的路灯只为他一个人亮着
昏黄的光亮照在他的身上
人世间又多了一个悲伤的人

[唢呐艺术]

先从声音开始死去
继而是子女的哭声
最后是亲朋的劝慰
死被安排得井然有序
道士在院落里念经
乡村乐队合奏亡灵曲
我看着眼前热闹的场景
无法和死亡联系
日落,夜深,人归,风过
独坐于棺木旁侧
香炉里的香一点点燃烬

这个过程像极了一生
那时我不懂生死
误以为死亡只是睡觉
看着漆黑的棺木,回想亡人的模样
她有些泼辣,干活卖力
儿子不成器,进了传销
那个夏夜很热
我记住死亡是冷的

[采石场]

用凿子和錾子劈开山的身体
在靠近它心脏的位置支起机器
拉来电线,运来砖块
房屋就地而起
从那以后,货车从未断绝
他们运走山的身体
石头在机器的重压下粉碎
白色的粉末在空中乱舞
夜晚的昏黄灯光下,男人们
袒露胸膛,谈论家中妻儿
这山饱经摧残,这人又何尝不是
几年后采石场倒闭
男人们又去了另一座山
他们挥舞着膀子
在坚硬的石头中寻找活路

那里的天空太小（三首）

◎吴群芝

【作者简介】吴群芝（朵耶梅），侗族，中国少数民族学会会员、湖南省作家协会会员。作品发表于《十月》《诗刊》《草堂》《星星》《清明》《飞天》《延河》《扬子江》《诗歌月刊》《绿洲》《文艺报》等。

[阿 婆]

出院后又回到她
已经成为习惯的生活模式里
量血压、饭前饭后吃药
与邻里聊天打发时间
把雨丝看成天上垂下的电话线

她不想住到儿女们的城市里
不愿接受儿女们忙碌后的照顾
她嫌那里的天空太小
不习惯每天对着窗外的白云寒暄

又到饭后吃药的时间了
高血压、冠心病、糖尿病
药瓶，水杯摆在面前
她有点沮丧

无论怎么想也记不起
有一种药吃了还是没吃
实在想不起来
她只好把所有药丸倒出来
往事一样数一遍

[云朵拐弯的地方]

云朵拐弯的地方，炊烟如风消散
你要找的那一个人
他在山中劈柴、挖药，此为虚境

担水、洗衣、养蚕、织锦
这些都是过去的事情了
田还种不种，野草、芭茅
站在田中给远方写信
谷雨关联的季节，花落溪边——

农院木楼尚好，进与不进都一样
门上铜锁锈色会告诉你
主人远行谋生至今未回

无亲可省了就退回来
失落，口渴了也不必东张西望
你就朝着那棵大槐树一直走
那里有一只狗和一个老人
他们是这个村庄留给世界最后的信息

[树]

天黑后，落到溪里的碎片
就会变成风沿着水岸线
向上吹，吹过樟树、李树、桃树
海棠、楠木、银杏，吹进村庄

村子里有很多树
但不知道从什么时候起
这里的小树
长大后就会纷纷向外面迁徙
没有迁徙而留下来的
都是一些上了年纪的老树

这些老树多年之后
有些会被冰雪掩埋，有些会
如同大地的病症被移除人间
剩下的那些
也会被时间刀刃砍伐
做成了自己的棺木

写给父亲的诗（三首）

◎李 蓉

【作者简介】李蓉，宁夏固原人。宁夏作家协会会员，作品发表于《中国信息报》《朔方》《诗潮》《六盘山》《贡嘎山》等。

[卖菜的老农]

一顶破旧的帽子
遮掩着面部阴郁
他只管低头推车
搜寻夜色中最佳的兜售位置
他躬身推车的样子多像我父亲
我低头讨生活的父亲
也曾在灯火阑珊的街头踟蹰……

他为我悉心挑菜，仔细称量
木讷而迟缓
如果他是我父亲
我在人群中喊一声"爸爸"
他会不会在忙乱中抬头
惊喜地唤我的乳名……

[一面墙接纳了我的战栗]

隔着一扇门
做完检查的父亲
蜷缩在拥挤的走廊
彩超室里，年轻的白大褂神情严肃
正在宣判：病人生命进入倒计时……

哦！那一刻，世界是虚幻的
我那哀怜的目光
捡拾到一片空白
一面墙
接纳了我的战栗

我听见有声音在滴答滴答……
像一张永远拧不干的手帕

[筛胡麻的父亲]

眼看就要开学了
我的学费还没有着落
父亲紧锁眉头，绕着庄子转了三天
最终，他拖出两袋预留的胡麻种子
跪倒在院子中央
他闷头摇晃手中的筛子
身子也跟着晃动起来
他要筛掉混迹其中的断茎、颖壳和沙砾
他说，这样看起来"打眼"
那是我平生第一次见父亲
在一堆粮食面前下跪
一直以来，父亲不停地用体力
榨出生命的水分
仍不能让生活变得纯粹
后来，他终于没能筛掉
埋在命运里
那粒霉变的种子

最青春
Younger Poets

Cao Tang

犀牛角杯（三首）

◎张雪萌

【作者简介】张雪萌，生于 2000 年，河北石家庄人，现就读于暨南大学文学院。作品发表于《诗刊》《星星》《青年文学》《诗歌月刊》《江南诗》《作品》等；出版诗集《猎夜歌》。参加第十四届《星星》大学生诗歌夏令营。曾获 2021 年东荡子诗歌奖·高校奖。

[犀牛角杯]

昔日满盈的，皆为覆水
未曾到往天竺，却有奇卉异兽，纷纭献呈至
帝国的想象。前朝的琼浆还未干透
战鼓和角声，又在营外奏起
环顾间，垂珠止不住地摆动。妆面也被搅乱
你看出她们急欲离身。重头歌韵，丹枫碧云，趁王位还
悬处大殿中心时，喝，喝下这一杯吧
宴饮行至终章，想抓住的，唯有晕眩
料想与功名，总是参差而已
……讲解员揿灭了天线里的导览辞
射灯，人潮，白炽悲伤的记号，黑暗中，重又
向它闭合。像酒滴，慌乱间
委身于一块绣毯。来不及拭去

［唉这雨］

下了又下，唉这雨。
不是吗，平时来去干脆
总将钉子打作哭戏，一阵儿顽劣后，轻巧地拔去

不是吗，断袖的恋曲
又期期艾艾续了余韵。水凼替两只黑喜鹊映出心事
它打转儿，另一只欲往晴了飞去

唉这雨。为何几号线的门口
都点缀着竹筐中间的卖花人。要去晾我打湿的裤脚
塑料包装纸摩挤着疲惫，萎靡如车前草，不光顾乘客们

整座城市发了疯似的漏电。两极间最凝稳的介质的心
从未设想过成为容器，而我已经是了。唉这雨
蹊跷的仍是这雨。

［虎伏］

一

弦断后，坠叶相续长音，怃然许久
秋风替人束紧襟口。教师们远步庭外，六艺资政
扶正了我的衣袖。不过问的智慧
我曾经习得：灯下，母亲的微微一颦，走针两笔
又不回答什么，像如梭的战讯，织至东宫
懂事打了个心结。每每夜里，想见那些征马
慢气嘶声地打着响鼻，月光描刻，红墙投下黑罂粟，丛丛
而件件，将我的外衣加密
……又或许只是秋的缘故

二

变的不是虎绣，军旗，像那把交椅，
也从来没有挪动一寸。只是天舆地坤转了又转
一丝毫闪失间，就多了几卷帙机密的推演
人竟老得这样快，父亲，那书史的手不会是你的
死像游丝，一缕缕从房内泄出，夫人们泪涟
相逐着它，似乎能将情景拉缓
在帐内，你想攫住的是什么，还要为我讲
小时候的故事：佛不归佛，道不归道
那个伏虎的僧人，替他投井的是千钧劳尘
也压倒了今天的你。而一夕之溃败，从来不是慢事情

三

绣虎雕龙真从文藻走上我身。分不得
是衣冠还是群眼，压得人在袍间细小了下去
翰林替我掸干净了词语，还有铜镜
三千枚镜子在红粉中齐齐转向我，抚摸她时
惊觉肌肤间的芒刺。匡我正我的并不是这些
而是你的影子，千万影子成群蹑步而来
几乎要把我围猎。一夜间宿鸟纷纷惊去
那吞灭了你的还要把我饲喂
白日服金食玉，饮鸩而令百官奏乐
把指腹磨破，断弦根根。父亲，父亲
你听到酒歇后的大寂静了吗
万叶千声……是那般的。那般的恨

山脉与河流（组诗）

◎袁永苹

【作者简介】袁永苹，1983年生于东北。2011年获得北大未名诗歌奖；2012年获得DJS（诗东西）第一本诗集奖，并在其资助之下出版了首部诗集小册子《私人生活》；2018年，出版诗集《心灵之火的日常》。另出版有《地下城市》《刀锋与坚冰》《妇女野狗俱乐部》《淋浴》《小哀歌》。翻译有史蒂芬妮·伯特诗论集《别去读诗》。部分诗歌被翻译成英文发表于美国、加拿大、荷兰的诗歌杂志和文学网站。现居哈尔滨。

[山脉与河流]

在我的生命中，一定有
几条河流和若干山脉
在等待着我。
这可能只是一种一厢情愿的说法，
但我宁愿相信这是真的，并且
它们能够在某些关键的时刻，
向我展现一些它们的本质
即使，我看到只是
它们的部分和表象，
而它们当中的确藏有
一些不愿示我的东西：
似乎在说，我们之所以
居于这个世界上，
本是无可奈何的。

而那些向着山脉和水流的行动，
作为一个行动本身，
游荡于一个近乎边境的地方。

[翻花绳]
——兼给志军哥

我们翻花绳：两手等待两手。
将毛线绳套在手上，撑开，两手相隔。
各自缠绕一圈，左手勾右手线的中心，再拉。
先前只是预设，搭出一个简单结构。
撑起一座桥，另外两手加入，捏住十字花，
翻到桥里面，换手，重新撑起新样式。
一个接着一个，浪花接连翻打出新的浪花。
一朵接着一朵，从一朵浪的中心拆除另一朵的影子。
无限套叠，翻出会飞的蚊子，云的高架桥和光的铁道
翻田野的河路和孤独的吊车，翻入虹膜里佳境。
翻出电线上的电，降落伞的天使水母，翻出腾空的纸人
自己翻自己的灵，在紧绷的弦上放一滴眼泪
在松弛的地方翻十字，一方花手绢，一碗饿面条
翻完婴儿马槽，翻美酒夜光杯
翻，再翻，翻活乌龟、翻死蚊子、翻金鱼的金鱼
翻香皂盒，翻梦桥，翻高音喇叭
翻扬起的秋千，翻万千坟冢，翻日落西山，翻一座止水湖泊。
取一颗石子，到湖底看几个涟漪翻栅栏
翻命的轮盘和全部的人间粮食，
翻我们一生的长辞和梦中的花绳。

[墓志铭]

死前我要与我爱过的人都见一见
解释我为何爱他与为何不爱。
即使解释这些像解释我的为人一样难，
辩白是世界上最耗费的事情，

我宁愿人人误解我,这没什么。
白色有时候会被说成是黑色或者天蓝,
海洋会被鱼儿当成所有和天堂,
我的真相无须辩白。但我一直在
解释,解释一件无法解释的事。
我要摸摸杯子,摸摸人的皮肤
喝上一口清水感觉到吞咽的滋味。
然后,我要请所有人离开,让我
独自赴死,因为我想感受寂静。
闭上眼睛,让一生重临,
需要快进、暂定、再快进……
然后仔仔细细想想那些对我
最重要的人,想想她们的皮肤
质感,想想她们的拥抱。
想想那些同样的人类,灿若星辰。
在遗书上写:无须到坟墓看我,
无须烧纸钱,找一个舒适的姿势,
闭上眼睛,静静地想起我,仔细
想想我笑和我哭的样子,我如何
痛快地喝酒,哈哈大笑,还有
我如何吃一颗鸡蛋那欣喜的模样。
不必觉得我伟大或者渺小,
和所有人一样,我来此一遭,
无法与你们所有人一一惜别。

[傻男孩]

他时常发出呜呜的声音。
隔着楼层板也能够听见。
傻男孩跟着外婆一起生活,
父母四十岁终于要到一个孩子,
却是傻男孩。眼睛深陷在凸起
的额头上,像两颗小纽扣:

那种不发光的普通黑纽扣。
皮肤白得过分,十岁看上去像五岁。
每周去做康复训练,效果显著,
维持能走能跑,但说话只会呜呜。
我们总是遇见,在电梯里或者
在冬季寒风的铁门边。
风带动铁门哐当一声关闭,
傻男孩没有得到特殊的待遇。
他总是急着挤进电梯,
发出一阵阵令人狂躁的单音。
呜呜、哎哎或者噫噫。
像是一种祷告,或者另一位
俄狄浦斯?当我对着虚空念诵,
他发出那些难听的单音,对着
我们共同的冥府。
嘴唇念呦,此次推举天堂的轻吻,
和人间的痛苦之物,旋转,漂浮
还原到它们的本位。
他的身体正在慢慢长大,
就快装不下他的灵魂。
在万物中,那些需要辨析的事物,
一直埋在地里,承担着上帝的重量,
压低为根茎、脉管,土豆或者燕麦种子……
我知道这世上不止有一种祷告,
光从篇篇念诵中涌出,
黎明的约法里万物轻啼。

向雪的词根深处进发（组诗）

◎卢 山

【作者简介】卢山，生于1987年，文学硕士，浙江省作协全委会委员，2020年从杭州赴南疆工作，现居新疆兵团第一师阿拉尔市。主编（合作）《新湖畔诗选》《野火诗丛》《江南风度：21世纪杭嘉湖诗选》。作品发表于《诗刊》《北京文学》《诗歌月刊》《扬子江》《星星》《滇池》等；出版诗集《三十岁》《湖山的礼物》。

[换 台]

安徽台四川台
江苏台浙江台
如今又变成新疆台
十几年来，老家的电视机
在不停换台
屏幕如一件打满补丁的衣服
遥控器是一只走坏的鞋子

今夜，在远离故乡万里的天山脚下
我写下这段文字：
在我一生的山水里
我走过的每一片土地
都烙印下两位乡村老人
疲惫而忧伤的目光

[向雪的词根深处进发]

向雪的词根深处进发
此刻迷失于空无
矗立山巅的岩石
一排排月光的墓碑

无数的生与死
无数的星辰
无数的神
从我的身体里穿行而过

带走一只在飞机上
摁住咆哮的雪豹

[天山之上]

飞跃天山,在云层之上
我像雄鹰张开双臂练习飞翔
一座座雪山扑面而来
我深呼吸一口气,迎头而上
如果一头撞死在雪山上
多年之后,我会成为谁的化石?

气流在我胸腔内翻江倒海
制造一次惊心动魄的飞行
云层之上,我以雄鹰的视角
发现这片辽阔的新大陆
如史学家遭遇汉唐的经卷

时间洪荒造就的沧海横流
大地内部高高耸起的天山
成为今日众神栖居的碑林
我一次次屏住呼吸
生怕任何一句粗俗的言语
都会引起惊天动地的崩塌

[塔克拉玛干沙漠有感]

对人世无数的厌倦
堆积成山和海

驼铃牵引着千年的亡魂
星空超度着异乡人的道场

因为我写诗,我便是你
无法生吞活剥的王昌龄的月亮

雨夜谈诗（组诗）

◎张随

【作者简介】张随，生于1982年，山西潞州人。山西省作协会员。作品发表于《诗刊》《诗选刊》《山西文学》《延河》等，入选数种年选，偶有获奖。曾参加诗刊社第三十七届青春诗会，出版诗集《我的哀伤和你一样》。

[裂叶榆]

东北的裂叶榆，河北的裂叶榆，山东的裂叶榆，
甚至朝鲜和日本的裂叶榆，都在
玩一种活着的平衡术：在圆满和分裂之间
在社会性和个性之间，在磨刀石和刀锋之间

架一条细若游丝的走道：一步走错，粉身碎骨
万丈深渊等着粉碎你，作为榆树的身份。
然而，不做裂变，何以遣有生之涯？
何以在榆科中具有辨识度？何以于榆属中矫矫不群？
何以以榆树的名义拔节向天，过此栉风沐雨的一生？

相同的灰褐色，相同的龙鳞披甲，相同的戟张枝丫，都是
对于阵营的妥协。生命是一场集体搏杀，
不把叶子裂变出尖锐的棱角，何以
于混同的战场上，分辨自我？进而快慰于
生命的独特和对自我满足的一声叹息？

走钢丝的危险，有赖于这样一种平衡术，
生命的壮美和通达明识，也有赖于这样一种平衡术，
我制绳索的树皮的柔韧，我作为木材的紧密，
我的身体里含着的树胶和我消积、杀虫的药性，
皆有赖于这样一种平衡术啊，
我的参天，我的雄伟，我的拓荒千里，我的生存和消亡
要永植于这样一种平衡术，大风吹来，摇摆和稳定共生……

[神垕行]

几百件钧瓷列阵于前
远比一个叫神垕的古镇的千年历史
更为真实。堆放残次品碎片的"钧魂池"
装下的万千尖叫，远比
人世的一切苦难更为惊心动魄。

在这里，我相信自己与世上的
一切易碎之物
都有命定的约会。
爱情。生命。多年前打动我的
落在床前的一片白月光。
与这些瓷器共同散播着
细碎的开片之声。这时光中的私语
越密集，留给内心
回声的旷野就越空旷。

长时间于古窑址前伫立
我试图进入每一件瓷器命运的开端
我想象自己在与空气接触的瞬间
学会呼吸，并用"出窑万彩"
诠释存在的参差多态。
大美无言，瓷器安详、自足
它们静静等待着远处的
碎裂之声。相对而言，我像个懦夫

像一件背叛了命运的瓷器
趁暮色自豫东平原向平庸的日常潜逃而去。

[烛]

所有人都有过相似的体验。
曾经你以为抵达了安全之所；
此刻阴影正携带着铅的重量
和毒性，对你
开始进行压迫。

装满屋子的光明
逐渐暗淡。将要消亡的烛芯
和再也收拢不住的蜡烛
呈现出残山剩水的疲倦

曾经在梦中出现的恐惧
此刻有了具体的形态
它在墙面、镜中、未写完的信纸上
变化着，像梦一样不可捉摸
却越来越清晰……

泪水的比喻专注于一物
而黑暗埋葬的，则是一切；
最后，烛焰挣扎着跳动了几下，
你独自坐进黑暗中，什么也看不到了
再也没有什么能带你
走向门。

[雨夜谈诗]
——赠冯默谌、秦风

困意的木桶把我垂在深夜的井里
辘轳下降的速度配合滴入意识的雨声
睡眠漂浮在越来越接近的水面上
再过一秒再过一秒，清凉的井水就要浸过我呀
一瞬间，我的两张倒影都将破碎
好像我过于单薄的青春，在今夜，又重新破碎
　　了两次

清平乐（组诗）

◎周小霞

【作者简介】周小霞，生于1985年，现居贵州遵义。作品发表于《诗潮》《椰城》《散文诗世界》，出版诗集《西迁，西迁》等。

[清平乐]

允许桐花，在倒春寒时脱一件外衣
覆盖沉睡的山路
允许凌晨五点的雨水，滴答阶前
苔藓修葺戳破的清晨

朝北的河，水流湍急
朝南的窗，紧紧关闭
灯笼在风的呜咽中沉默不语

东山坡。蚕豆叶怀孕
青草疯长
竹林青绿，新笋出鞘
河畔剥笋的孩子，循着几声虫鸣
又钻草丛

白日里耕织。磨两下日头

黄昏时温酒。读几首旧诗
夜色稠密，可酣然入眠
也可执星对弈。醒来

头顶白雪的夫人，在灯下
补衣裳

[桃 夭]

桃花林里，明媚鲜妍了沉寂之词
想起烛火初点时
眸间的露珠在三月的风中浸湿一片红衣

聚散不过花开花落
宜室宜家也只是比《诗经》更古老的悲剧
一衣带水终成涉山涉水
如同指尖轻漏的黄沙
堆成一幅缺憾的沙画
果熟蒂落时，是掉入尘埃的分离

桃夭，那年绿叶蓁蓁之时
我身披红纱
耽于青青子衿耽于杨柳依依
填在水一方的旧词楚楚于一弯水湄

那时水岸岸芷汀兰，桃夭灼灼其华
而子规声声，人在天涯……

[乌有乡]

几步院落漏出狗吠，几缕云烟咬住晨昏
稻草细密。系紧树影下的屋顶
有雨从远方赶来，田埂还未知觉

野花斑斑驳驳，在一场
淋漓的灌溉里放浪形骸

那时多好啊，还没遇见你

[九 月]

学校还在，学生已远
挂钟还在，钟声已寂

半山上的小学，曾经抬升过山的海拔
此时，低于那片丰收后的玉米地

风声已消隐于山林
玉米早早地运往了镇上
群山苍茫，拉远了地平线的距离

空山多寂寥啊
我经过时，恰好有几粒掉下的玉米
遗落在黄昏

中坚
Major Force
Cao Tang

尘世杂诗（组诗）

◎人 邻

[清 晨]

屋檐下
水的滴痕，一溜——还在滴
才知道夜里的露水，有那么重

雄鸡叫过了
井口上苫着新编的草帘
那么好闻的秋天的稻草气息
井台上是刚刚汲水洒了的
新鲜的水迹

门外
扫帚立着
师傅早早上山去了

[采摘的妇女]

恩赐是自会降临的。
结实的女子们只是在那日子，那清晨
——她们知道在哪座山谷，
哪一处妖娆的坡地。

她们知道——
哪些可以获取，哪些是给别人的，
哪些要留着——以俟来年
开花结果，再次繁衍肉欲般的肥甘。
哪些不能，是禁忌；
哪些——有诅咒之毒。

她们只采摘那些
神恩赐予她们的——
有如神赐予女子分娩后乳汁的丰沛。

她们说：人？我们不知道。
不知道什么是人。
我们只知道没有哪一处的水流，
不为焦渴而潺潺流淌，
没有哪一只林间鸟，不在清晨鸣叫，
没有哪一个健硕女子，不怀春骚，
没有哪一夜，不热爱尽欢的眠床，
没有哪一天，不是日落复又冉冉升起……

[占 卜]

戊子日占卜，问：
"到第四天晚上，上苍让下雨吗？"
又卜："到第四天晚上，
上苍不让下雨吗？"

龟甲兆象：

"丁酉日下雨，辛卯日不下雨。"
第十天丁酉日，下雨了。
王者断言，果然。

我亦于黄昏卜辞，却卜尽了
野花相伴，一生的仓皇。

[冰湖上]

冰湖上
两只毛色不同的鸭子
未结冰的湖边
不时出没

每一次我都要找一找它们
找到，欣慰地看着
我只是偶尔一次
忧伤地找不到它们

那一夜，它们两两相偎
安歇何处

这严冬的孤儿
它们从哪里来
怎么就遇到、喜欢到了一起
它们默默相随
是要到地老天荒的样子

[去河边]

去河边

不是去钓鱼
不伸手

只独坐
亦不注目
只是偶尔扫上一眼河面的水波
来而复消失的折痕

我钓不动滚滚河水
更遑论河底的暗色岩层

波浪下
大地深深涌动着

[遗忘的室内乐]

褪下衣衫
你说,你不是在信里说吗

遮住的窗帘,透过薄薄光线
朦胧,忧郁,神秘

我看见你脸庞的侧影
肩膀的柔顺和滑下的手臂

那阴暗处,我多想它能
染上阳光的灿烂

那阴湿的,那充溢着爱的阴暗
是阳光的喜爱

是的,那阴雨的下午
要有一点阴暗,在阳光里炸裂,纷飞

哦,我们缺少的,不是爱
是比爱更爱,是更爱的一起绝望的力量

[坐望]

大地如海,山峦起伏
草木葳蕤如万世百姓的生死尘衣

一切,可以了
我这一生可以了,上苍,谢谢啊

真的感谢!
我已寂寞过了

此刻,我在道边安坐,闲坐
等着日落
有风吹过

暮年和早年的阅读课（组诗）

◎黄金明

[技艺]

每一株竹子都有着几十间胶囊公寓在相互隔绝
那枪管般的篁竹，用小刀挖出七个孔就成了横笛
青笋从沉默地府来到风声大作的人世间
竹叶婆娑，这些常以群体性呈现的叶子
有着"个"字的面目
竹叶与针状的竹芯清热解毒
竹螟的幼虫在笋尖修建密室

葫芦的技艺炉火纯青
用时间的汤匙将自己掏空
成了装酒的容器（它去掉了淤泥、陨石、阴影
和雨雪的碎骨），进入了无我之境
"壶中日月长，洞里乾坤大"

藤叶尽朽，挤光了夏日的青汁
一条丝瓜望穿秋水，肉囊长出了钢丝
它的脸在漫长等待中成了蛛网
你嘴角的皱纹密集如千丝万缕的栝楼
树根被挖起，而留下了难以言说的虚空
你也深陷在一个词语的洞窟里被猛兽的幻影追逐

一棵柠果树一年一度献出数以百计的果实
就连一株南瓜藤也硕果累累
而你夜以继日的苦吟
所得佳句寥寥无几
你持续了三十年的写作
就像富兰克林持着风筝在夏日天空捕追闪电
你在中年写下的诗句
就像两块石头碰撞发出的火星
几乎无法照亮童年黯淡的额头
但愿有一两个句子使你在风雨大作中安睡。

[钟 声]

这秋风中有萧索的铁链在勒紧橡树和栎树的脖颈
黄叶像铜钱在翻飞
这秋风中有无人哀悼的墓碑
耸立在悬崖。松树像刺猬
跟这步步紧逼的追兵针锋相对
野兔钻入茅草蓬松的巢穴
神色仓皇,这贫民窟积攒的财富再一次被榨取
湍急溪水抚慰着清贫的白色巨石
你止步于万仞绝壁之下
在山巅之上,苍穹上的光线颤抖如被乐手制伏的琴弦
一阵狂风犹如苍鹰扑击
这陡峭山崖上有雷霆在树根上孕育
而暂时被树冠封锁
栗子树将黄铜
锤炼成了果实。钟声从深山某处传来
但你看不见钟
以及撞钟的人
也无法确定洪钟大吕藏匿于何处。

[秋风颂]

老铁匠抡起大铁锤,将这眼前急促的风声和寒意
压入了这块未经淬火的黑铁。雪豹将月光
锤炼成了银饰。秋收过后的稻田
草垛层叠如小丘。风声四起
山坡上的小树林
被一阵紧似一阵的秋风吹得东倒西歪
在这被野猪和松鼠霸占的小径
在这被漫天黄叶掏得越来越空的秋山
你从一处废弃的旧果园走出来
那些无人照料的番石榴树

佝偻着腰身，枝节横生如
骨质增生的颈椎，那些坠地的青黄果子
带着腐败的酸甜，犹如孤儿
被集体遗弃——
这千山万壑有草根的呼啸
在填充着两阵秋风之间的缝隙
鸟雀的鸣叫像一把碎石
惊吓着水库的大头鱼。苦楝树厌倦于
越来越沉重的腰身
枯枝掉落，这些被榨干汁液的叉状闪电
将被送入炉膛
重新吐出火的记忆
红柿子犹如小灯笼在枝头上摇摇欲坠
我在浩荡秋风中隐约听到中年衰败的草莽中
隔着重重山峦传来动物园的虎啸
这洼地上有一株白头翁草在跟狂风对垒
这细枝上有一只蜘蛛举着盾牌在对抗一支队伍
啊，这秋风中必有耀眼锋芒在一把新打成的朴
　　刀上潜藏！

[暮年和早年的阅读课]

他身体的一角像城中村里的一个小诊所
长期收治着颈椎病患者和失眠症患者
还有牙痛、发烧和皮肤病的患者在进进出出
疾病也会带来教益："随着年龄增长
你得学会带病生存
而又避免跟不干不净的人同流合污。"

一个脸上缠着绷带的人
被误以为是伤感的蒙面人，而他被昨夜梦见的火
烧伤。一只翅膀上缠着绷带的蝴蝶
被误以为是

又一次回到茧里，而它在梦里撒播的花粉
掺着迷幻药，足以使四月的花朵发狂
而使纳博科夫这种精通修辞术的捕蝶者
（也是捕梦者？）昏厥。在帕维奇的辞典里
公主的餐桌上摆着七种不同的盐
她的脸也像盐有七种不同的容貌
快镜和慢镜
使她看见了眼睑上的毒咒字母而丧生

他的童年和童年的村庄
已随着坍塌的井壁
而成了废墟，随着在青石板上摔碎的木桶
而散架。青瓦转灰
瓦面上积着厚厚的腐叶、尘土和有气无力的小草
小巷被大肆张扬的蓖麻和癫痂劫持
墙根剥蚀，屋梁崩断
在残缺的屋檐之下
仍有燕子的完美旧巢而燕子不知所终

每天清晨，他都去湖滨公园
跟柳树练习吐纳，向鹦鹉学习演讲
跟一棵大王椰交流脱胎换骨的技艺
他肉身沉重如携带着一只空荡荡的鸟笼
一次次呼唤着越狱多年的白鸟
而从来没有回音。他像一所孤儿院
又是一所养老院
他是那个沉默的孩子
又是那个嘴里塞满了淤泥的老人
尽管来自同一副身体
但从未相遇，犹如花开两朵
各表一枝。一部顾头不顾尾的二流章回小说
尽管对此了如指掌却不了了之。

游 神（组诗）

◎施茂盛

[最美莫过于自成一体]

落英积攒了少量的幽魂，
用松针做它们细密的骨头。
低下来的光聚作一团；
它的裂隙，也随之愈合。
对岸，那清风的舌头
卷住墓顶青丘；浮云在它
自己的倒影里，缝纫着。
一张临摹的纸笺墨香未尽，
留着不语之后的苦味。
人间不会给予更多允诺，
最美莫过于自成一体。
而我从那出窍的鸟鸣脱身，
晚霞中洗濯足够的肺腑。

[我有两颗摇曳的心脏]

初开的曙色染上稗草的小疾,
远郊委顿于自己的迟暮之心。
神经质的果子还未结下,
枝头深埋的闪电却已腐烂。
人间从来无须烟火的挽留;
每次路过,途径也只有一条。
显然,我有两颗摇曳的心脏,
在相互偿还中得到治愈。
命运似乎已凑足了一个数,
可化作那拂面而过的熏风。
它们的友谊还刚刚开始。
这花香时时折磨着我的骨头,
而味蕾的煎熬又要从头开始。

[我已在人间寄放多年]

春天经过海岸线后折返,
它运输的骨灰少了些斤两。
霜露喂养的植被一路尾随,
最小的马儿还在灯影里徘徊。
我已在人间寄放多年,
身上终于有了善类的影子。
群山布满星子般的铜钉,
在愁苦的虫眼里晃荡。
有一个嗅觉中升起的形体,
在没有得到这样的教育前,
它已然脱下自己的轮廓。
普通的地方走得差不多了,
我要去赴一场盛大的鲸落。

[疲倦的身体裹住湖水]

那晚霞似乎也只是临时起意,
携带疲倦的身体裹住湖水。
岸畔,梨花点点如去年的芳心,
而苜蓿却开得一如既往地绝望。
这个在器官里犹疑不决的世界,
怀有一颗果子滴滴答答的忧伤。
像所有偏向的旅者一样,
我独自运输自己的命运返程。
愁苦的雨水分开每个场景,
被抬高的木叶因此有了头绪。
说起来也没有什么缘由,
以涟漪为语境的湖面气象万千,
遭遇这幻变的,却寥寥数人。

[仿佛某夜小宴的离席]

形而上的雨下到收紧的池塘,
苹果树裂开信封一样的口子。
想起一部湿漉漉的电影,
结尾定格于私藏的涟漪。
世界沾满不可言说的声音,
恍惚仿佛某夜小宴的离席。
人间大抵是我见过的样子,
明灭流转之间所获良多。
或有无暇顾及的命运——
灰烬从烟火中抱回自己,
生者天性弱小无所抚慰。
但请安静。嘘,请往生安静。
即使再模糊点,又有何关系。

◎离离

听一首歌（组诗）

[剥玉米]

像一种中年的生活，一层一层地剥
越往里层，就会发现越多的
缝隙和漏洞。剥完七个玉米
仿佛这一辈子就走完了

在清水里洗过，再煮
仿佛这一生中悲伤的事要重演

[听一首歌]

等电梯的时候，听一首歌
曲中人，悲欢离合
她反复唱给我听
电梯里，空空的只有我一个人
轻声跟着她
低唱。多么悲伤的爱情
一声一声被唱出来

多么悲伤的爱情，我也有过

[哭]

我有年幼的孩子，我不能在他面前哭
我有年迈的母亲，我也不能在她面前哭
我有病痛的身体，不能再用泪水唤醒它

可我该到哪里，好好哭一场呢
哭，我在纸上轻轻写下这个字
反反复复写了一页。我看着它们，一直看着
我的泪奔涌而出，我的全身都成了出口

我的母亲和孩子，还在熟睡中
我的身体，因经历了无数次轻轻的抽搐
而略显疲惫，却倍感轻盈

[鱼 刺]

当所有的江面都成为冰层
我们去了东北
当所有的雪都落在江面上，我正好在东北
一个被撬开的洞口旁
和他们等着被冬捕的鱼
那年的冬天真冷啊
我们都穿着最厚的衣服
看着身子光滑的鱼
无处可逃
它们无处可逃啊
我们像仇人一样等着吃完清蒸的、红烧的
它们，又吐出鱼刺
冰天雪地间我倍感孤独
我又该拿什么给我的仇人们
来换取他们给我备好的刺

[剪]

难过的时候去剪头发
头发就是难过的事，把每一件都该剪去
头发就是让我难过的人，把每个人都该剪去
那些还未泛白的发丝
那些多年后就要完全白了的青丝
终于落了，轻轻地，轻到
几乎听不到声音
像我心里的惆怅和无助
几乎听不到我和它们如何告别

[像流水一样]

一生就像一条河，日子像流水一样
流过很多人的脸，也流过你

你像流水一样
像流水一样活着，流水一样
有时候清澈，有时候混浊

有时候看到自己孤独的
影子，就流得更汹涌一点

[琴键一样的羊排]

在草原上，看到的每一只羊
和它们的羊排一样让人心疼
草原上的夜晚，篝火点起来时
有人在跳锅庄，有人静静地等着
吃烤羊排，琴键一样的羊排
那人的刀子在上面轻轻划过
就发出了动人的乐声
让每一根草惊慌的声音响起来
白天来来回回还拿蹄子踩过它们
夜里却像琴键一样
只是被敲了几下
就发着悲恸的音

2017年的一次演讲

"十七年"及其尾音

◎ 洪子诚 VS 后商

青少年时期
"做好自己该做、能做的事情"

后商：您家乡在广东揭阳，出生时，抗日战争刚开始。您最早的记忆是关于什么？您读小学、中学，当时的学校是怎样一种情况？

洪子诚：我出生年月是 1939 年 6 月（阴历 4 月），当时抗日战争已经开始。由于年龄和生活环境的关系，我对抗日战争没有什么亲历的记忆。据我所知，日本军队两次占领广东潮汕地区，两次时间都不长。一次是 1939 年，主要是占领汕头、潮安一带。第二次是 1943-1944 年。我的家在揭阳县城榕城（现揭阳市榕城区），两次占领，我们一家都到乡下祖父母家避难，不过日本军队没有进入那个村子。

好像我就是 1939 年避难到乡下出生的。出生时，我瘦弱多病，也特别难看，大人们开玩笑说我是在大榕树下捡到的。很长时间，长得丑是我的"心理阴影"。在北京大学读书时，我就为没有任何女生正眼看我而暗暗苦恼。小时候，我迟钝，有记忆要到四五岁，大概是我上基督教会办的幼稚园。我有次逗能跨一条水沟，掉到沟里全身湿透。牧师领我去他家给我换上衣服。他家小院里有一棵无花果树，他摘了两个无花果给我吃。《圣

1997年7月武夷山现代汉诗研讨会后，右起：郜积意、谢冕、周瓒、洪子诚、孙玉石、孙绍振、林祁、臧棣、陈素琰

经》常写到无花果，《创世纪》里的亚当、夏娃偷吃禁果知道羞耻，便拿无花果树叶当裙子。这件事记忆得很深和《圣经》没有关系，就是当时嘴馋才忘不掉。我多次说过，上小学时，我不是好学生，没有读什么像样的书，能说的只是一些"劣迹"。初中就好一点了，懂规矩了。

那时候，上学竞争没有现在这般激烈，学习好像没有那么紧张、焦虑，日子过得相对简单，没有很多的诱惑，但也没有很多的选择，大家要走的路子差别也不大。自然，在学校里学到的东西也比现在少得多。不过，也很难说哪个时代好，各有不同的"活法"吧。

后商：根据现有的资料，您的启蒙大概有两个源头：基督教和文学经典。您出生在一个信仰基督教的家庭……还没上大学时，您就读了许多文学作品……这些，对您的生活和后来的学术工作产生什么影响？

洪子诚："启蒙"的源头，我真的没有想过。小时候，我跟着家长做礼拜、读经祈祷，都是父母的要求，我对教义什么的并不了解。基督教的影响肯定是有的，但（启蒙）这种影响主要是通过家长的言传身教获得的。

我母亲是客家人，一辈子为家务劳碌。我们兄弟姐妹九人，都是我母亲拉扯大的，只是到最小的两个双胞胎弟弟出生，才请了两年保姆帮忙照料。"保姆"，潮州话叫"相扶"，一个文雅也温情的称呼。懂事之后，每天都看到母亲清早起来就生火做早饭，南方每天总要洗一大盆衣服，母亲晾上竹竿后就去市场买菜准备中饭、晚饭，日复一日。父亲是医生，不过不是正规的医学院毕业，他先在一个当医生的亲戚那里做学徒，从扫地倒痰盂做起，后来被推荐到潮安福音医院进修，结业后当见习医生，又到上海医学院进修一年，拿到肄业证书。诚实，不偷奸耍滑，努力做好自己该做、能做的事情，不要看不起身份微贱的人，厌弃骄奢淫逸……这些都主要来自家庭的言传身教，都是父亲母亲反复说的做人道理。当然，在这样的家庭，受这样的教导，肯定缺乏革命、开拓精神，养成保守、墨守成规、胆小怕事的性格。

后商：1950年代末，您到了北大读书，毕业后留校，在北大教写作课。当时，在北大任教的还有宗白华、王瑶、钱学熙、蒋荫恩、任继愈、吴兴华……现在我们最常提到的是他们的风骨。在您的印象中，这些教授有何种风度和修养呢？他们和当时的大学生能打成一片吗？

洪子诚：1956 年，我考入北京大学，这所大学有许多杰出的学者、教授。宗白华、任继愈先生当时在哲学系；朱光潜先生开始在西语系，后来也转到哲学系；吴兴华先生在西语系；蒋荫恩先生在中文系，但他在新闻专业，1958 年新闻专业合并到中国人民大学他就离开北大了。这些著名教授我都不认识。北大中文系也有许多著名教授，像游国恩、王力、林庚、杨晦、吴组缃、王瑶、高名凯、朱德熙、吴小如等，我都上过他们的课，或者听过他们的讲座，自然学到很多。毕业后，我留校分配到写作教学组，这个小组属汉语教研室，教研室副主任朱德熙先生分管我们教学组。

这些先生大多平易近人，也有很多向他们请教的机会，但是在北大期间，以至于 20 世纪八九十年代，我却从未独自拜访过他们。我说过，这对我的学习、成长和后来的研究肯定是损失。造成这个情况的原因有两个，一个是觉得自己在知识方面不具备和他们交谈、请教的条件，另外一个是"社交恐惧症"，我确实有一种与生俱来的恐惧心理。

"十七年文学"
仍在继续"预示未来走向"

后商：关于您 20 世纪五六十年代的生活、工作情况。从相关材料来看，1960 年代您的文体和风格趋向节制、理性。这个变化是怎样发生的？

洪子诚：无法讲清楚这个变化的原因。一个可能的因素是 1960 年代初的形势。1958 到 1959 年的那种"特殊形势"下的热潮在 1960 年代初开始消退，我的心随之平静下来。从 1960 年下半年到 1962 年，全国学校强调正规的教学秩序，北京大学也向师生强调多读书，为我们补上之前耽误的课。我所在的年级其实没有真正上过现代文学史相关课程，临近毕业时，王瑶先生领头，几位老师才第一次给我们做了一组相关讲座。另一个原因是毕业后我教写作课，在选择、分析"范文"和批改学生作业时，认识到表达、文体的重要：一个意思，一个情景可以有不同的表达方式，而不同的方式所传递的情意也将不同，甚至相距甚远。

还有就是，我这个时期的阅读的感受，生发出了以前未曾出现的简洁、节制之美。这个时期的阅读，我说的是《世说新语》《聊斋》《红楼梦》，曹禺的剧本，高尔基的《回忆录选》，屠格涅夫的《回忆录》《猎人笔记》，特别是当年中译的全部契诃夫的小说和剧本。高尔基这样写到对契诃夫的印象，说每个人在契诃夫的面前都会不由自主地产生一种愿望：变得更单纯、更真实、更自己；抛弃那些书本的词句和时髦的用语所织成的五颜六色的衣服……这也是我当时读契诃夫的小说、剧本的体会。当然，契诃夫的那些跟冷静的绝望相近的沮丧，对我也可能是一副"毒剂"。

后商：您从事文学研究之初，就选择了 20 世纪 50-70 年代的"当代文学"，并为这个时期的文学研究提供新的视野和活力。今天，"当代"已不再"当代"，但我在阅读中发现，您所讨论的"十七年文学"，仍然很鲜活，譬如您在文学史涉及的周扬等人,以及在"我的阅读史"涉及的郭小川、黄秋耘(黄秋云)、叶甫图申科(叶夫图森科)等。这是否可以说明,您似乎更看重个体经验与价值?在文学史中,作家论和历史叙事又该如何平衡呢?

洪子诚:说"选择"也可以,不过我在另一个地方谈过,这种选择带有后退、无奈的意味。在"新时期"的1970年代末和1980年代初,让我激动的不是历史,而是现状,是当时风起云涌的新思潮,新人新作,目不暇接的现象。有才情的批评家和研究者没有不被吸引、自觉投入的。我也同样。但是我尝试失败,发现自己不能胜任之后,我才"选择"当代"史"的。我对"当代"前三十年的文学情况比较熟悉,便沿着这条省力气也安静的老路走下来。当时没有料到,"当代"前三十年多年后会变得颇热闹,会有很多学者关注。当时的情景,正如戴锦华在评论我的《中国当代文学史》时所说的:"……被种种的断裂说所切割的前三十年,成了一处特定的禁区与弃儿,在种种'借喻'与'修辞'间膨胀,又在各色'说法'与'沉默''不屑'间隐没。当代史由是而成了不断被借重并绕过、在众声喧哗之中分外沉寂的时段。"

但确实,历史的这一篇章并没有完全翻过去,它仍然是现实问题。这个时期的种种现象,在不断阐释中产生的分歧,都仍在不断发酵、伸展,成为政治、文学前景设计的参与力量。我的目的是要"抵抗"对这个重要历史阶段做"简化"处理的强大趋势,呈现其中的复杂性,和呈现如你说的个体的不同命运。为了有效进入这个历史阶段,把握它的命脉,就需要寻找特殊的方法和角度。从体制、作家存在方式、文学生产的"组织方式"、概念范畴内涵的变易等来进入这段历史,是我当时确立的方法和角度。这是一种有针对性的方法,这种方法和某些概念的提出和使用,如"一体化"等,是分析性的,当然这些方法和概念也只能解决部分问题。所以,某些重要方面的忽略和单薄难以避免,这需要另外的研究来承担。

《中国当代文学史》英文版(*A History of Contemporary Chinese Literature*)在荷兰布里尔出版社(Brill)出版后,杜博妮(Bonnie S. McDougall)教授在《中国研究》(*The China Journal*)上发表了一篇书评,讲了一些优点,也着重指出这部文学史存在的问题。她说:"由于完全是在大陆文学史的成规之内写作,本书的前面几章中关于二十世纪五六十年代意识形态的争论,读来颇为沉闷。这些争论对于那些经历过那个时代的人,或者专门研究那个时代的党派关系,并且对此相当有兴致的专家来说,是非常重要的。但是毕竟,那个时代已经成为渐行渐远的过去,并且它脱离历史常轨,远不能预示未来的走向。除了少数几个学者以外,还有人对这个历史时段的文学现象感兴趣吗?答案很是可疑。"事实上,中国学者可能有与杜博妮教授不同的感受。这段历史并非"渐行渐远",不管你是否同意,它仍在继续"预示未来走向",而对它感兴趣的,也远不是"少数几个学者"。

后商:在1980年代之前,文艺群体经历过一段时间的"地下"时期,典型的如星星画会、

2013年在台湾交通大学课程的海报

2013年祝贺严家炎80大寿合影。洪子诚与谢冕、钱理群、严家炎三家

无名画会、白洋淀诗群等,他们大多数是北京子弟,基本上也在北京周边当过工人。您研究当代文学史的过程中,和这批人有过接触吗?后来,您又是怎么接触《今天》的?您对1980年代兴起的集体的启蒙思潮是何态度?

洪子诚:从性质上说,用"地下"这个概念来指认你说到的这些现象,有的可以,有的不大合适。可以选择的另外一个概念,"民间"。这些"民间"诗歌、艺术活动是当代文学/文化史的重要现象。像你说到的民办刊物《今天》等,在"文革"前后知识界思想、艺术变革中发挥了重要作用,对新时期的展开有重要的、引领潮流的意义。许多的研究论著对此已经有过详细的分析论述,我的书籍和论文也讨论了这些现象。

确实如你说的,《今天》和星星画会的成员,大多是"文革"发生时的北京中学生,许多出身名校,如北京四中、清华附中,后来下乡插队,或到工厂当工人,北岛、黄锐、芒克、多多等都是这样。其中许多人是高级干部和高级知识分子子女,他们有条件接触到那个时代普通人难以接触到的文化资源,包括内部出版的理论作品、文学作品,以及绘画、音乐——它们的"异端性"成为思想艺术变革的"触媒"。他们的作品和经历是我的研究对象,但我和他们没有什么来往。北岛、舒婷、江河、食指等,我从未与之谋面。顾城,我也只是在一次讨论会上远远见过。我认识多多,是2005年他归国之后的事。记得1999年12月底,我去大连参加诗歌会议,机场上臧棣介绍我认识芒克。臧棣问芒克:"读过洪老师的《当代新诗史》吗?"芒克茫然地摇摇头:"没有读过。"我对他们的评述,借助的都是第二手资料,从未有过访谈,也未做过口述史。这是研究上的缺陷、不足。好处是我的判断——即使这种判断不

20世纪50年代大学时期

可靠——较少为人情等因素干扰。

后商：近来，我采访了艺术家、策划人郑圣天（郑胜天），他与您的履历、思想颇为相似。像您从东欧诸作家发现中国一样，他也从东欧艺术（以及美洲墨西哥艺术）发现了中国。他有个说法，叫"社会主义现代主义"，大意是中国学者、作家、艺术家一直在做"现代（主义）"的努力。

洪子诚：当代文学界某个时期好像也有这样的说法。记得是1990年代，一些批评家将"文革"时期那种图解的观念性、拼贴性的创作列入先锋实验的范畴，批评家也使用了现代主义这样的概念。这个说法，一方面是试图概括这些创作的艺术特征，一方面也希望提升这些创作的价值。我的理解是，加上"现代主义"的头衔也未尝不可，但是文艺的各种主义之间构成的并不是进化、发展的阶梯关系，不是说加上"现代主义"就能变得光彩，就有了"世界性"。各种名目的主义中都既有优秀杰作，也有低劣的廉价品。

20世纪五六十年代，社会主义国家内部和西方左翼文学界曾发生过关于现实主义问题的大辩论，一些左翼作家认为，在社会主义现实主义遇到危机时应该引入神话、寓言、梦境，引入尼采说的"超物质化"的"物质"，引入"现代派"的因素，对社会主义现实主义进行变革。他们的主张是有道理的，这些主张也体现在像南斯拉夫、波兰、捷克等国家的艺术实践中。但正如南斯拉夫萨格勒布（现为克罗地亚首都）一位著名批评家在评论1957年在当地举行的年轻的波兰绘画展览时所说："波兰人的大胆使我们感到震惊。然而，值得惋惜的是波兰人以一种同样可怕的公式主义代替了日丹诺夫式的公式主义，那就是'抽象派'。"也就是说，"现代主义"的公式主义并不就优于社会主义现实主义的公式主义。

1990年代至今，编书、阅读、著书……

后商：1990年代至今，您先后主编了"培文书系·文学与当代史丛书""九十年代文学书系""九十年代中国诗歌"，为什么很少对外提及。主编丛书的工作有什么体会？

洪子诚：为什么很少提起？大概是不值得提吧。我做研究，基本上是个体户。我也参加过一些合作的项目，不多，有的也不成功。

如 1980 年代，我参加过张炯先生主编的当代文学史著作，承担了其中一些章节。由于是很多人合作，整体框架和个人理念差别很大，不成功是可以想见的。但是我参加的谢冕先生主持的一些大型项目，应该说成果还是不错的，比如"百年中国文学总系"，我承担其中的《1956：百花时代》一书；比如"百年新诗总系"，我承担其中的 1960 年代卷。谢冕先生主张在基本一致的体例下，学者个人应有自己的独立性，观点和文体应有个体特色，这样的集体合作项目效果就比较好。1990 年代，我和他一起编《中国当代文学史料选》《中国当代文学作品精选》，兼顾文学史标准和文学性标准的方法，也比较成功。《中国当代文学作品精选》已经有三十年的历史，仍在不断重印。这些带有资料性质的工作，其实是我的研究的基础，也是一项重要的工作。

你提到的"九十年代文学书系"，主要是中国社会科学院文学研究所贺照田等学者策划的，我挂名做总主编，具体工作其实没有参与多少。期间还发生一件很尴尬的事情，出版时社会科学文献出版社总编说，各分卷主编（蔡翔、南帆、戴锦华、程光炜、耿占春）都是著名的学者、批评家，耳熟能详，可是总主编洪子诚却不曾耳闻。经贺照田等人苦口婆心解释，我才勉强保住"总主编"这个名号。"九十年代中国诗歌"丛书，缘起于 1997 年夏福建武夷山开诗歌会议。会上，我为饱受诟病的 20 世纪 90 年代诗歌辩护，认为其相对 80 年代诗歌，在诗与现实关系、诗艺、诗人风格等方面都取得值得重视的进展。借此，臧棣请我为他正在策划的丛书做主编，

并为其写了一篇序言，总领所收录的臧棣、张曙光、西渡、黄灿然、孙文波、张枣六位诗人的作品。在研究上，我缺乏宏观视野，没有宏大的气魄，也缺乏组织集体项目所必需的威望和能力，如此，勉强领头尝试过做一些集体项目，但大多不大成功。比如我提议的，与奚密、吴晓东、姜涛、冷霜合编的《百年新诗选》（分《时间和旗》《为美而想》上下卷），我们花了几年时间筹备整理归纳，却不甚符合预期。我主编的"培文书系·文学与当代史丛书""中国新诗研究丛书""汉园新诗批评文丛"，也是这样。中国学术界有数不清的头衔，其中有一个叫"学科带头人"。设想我有幸获得"学科带头人"头衔，也没有资格、能力充当这样角色。回想起来，自己组织，和参加别人组织的合作项目，大多都留下了后悔和遗憾。

后商：您最近几年，写了不少中国当代文学与世界文学相关的论文，这是出于什么考虑？"十七年"时期，您接触世界文学的渠道有哪些？一般意义上，国人接触世界文学有一个渐次拓展，也发生不断深化、更易、颠覆的过程，您的阅读也是这样吗？

洪子诚：写有关外国文学的文章，最初是从"我的阅读史"方面考虑，着眼于一部作品在不同时期的阅读的不同感受。我想将这个轨迹记录下来，这个轨迹既表现我个人思想情感发生的变化，也体现时代和各种境遇如何影响到个人的阅读。但最近写的有关外国文学的文章，和"我的阅读史"角度不同，着眼点还是当代文学史研究的深化。20 世纪

的中国文学受外国文学影响很大，中国文学自觉将外国文学，特别是俄苏文学和西欧文学作为重要的思想文学资源，这是大家的共识。忽略这方面的考察，我们对当代文学的理解肯定存在欠缺。另外，中国当代文学与苏联文学一样，都可以看作是一种"国家文学"：国家主导、设计、管理的文学，它具有很明显的预设、计划的特征。当代文学在设计、建构自身的时候，在想象它的性质和形态的时候，是在"世界文学"的视野里进行的，且有为世界文学提供普遍性经验的强烈诉求。以上情况，都要求研究要有世界文学的眼界。我虽然缺乏深入进行这方面研究的条件，但还是不嫌浅陋写作了不少文字，希望引起学者们对这个论题的关注。

20世纪五六十年代，我读了不少外国作家的作品，相关阅读中学就开始了。《高老头》《红与黑》《欧根·奥涅金》《当代英雄》《约翰·克利斯朵夫》等，都是高中时读的，还有许多现在几乎不再有人读的诗和小说，苏联的《收获》《远离莫斯科的地方》《海鸥》《青年近卫军》《日日夜夜》，安东诺夫的短篇，伊萨可夫斯基的诗……阅读的"渠道"当然是出版的中译本。我最初阅读的普希金，好像是莫斯科外文出版局出版的，戈宝权先生的译本（疑是时代画报出版社）。事实上，20世纪五六十年代，19世纪及以前的外国作品，被很系统地翻译引进到中文世界，如古希腊戏剧、史诗、文艺复兴、启蒙时代，特别是19世纪现实主义文学的翻译，其中也有翻译质量很高的译本。1950年代后期，在中宣部周扬（中共中央宣传部原副部长、中国文联原主席）等的领导下，中国社会科学院文学研究所（前身是北京大学文学研究所）和人民文学出版社成立了外国文学名著编委会，卞之琳、冯至、朱光潜、李健吾、季羡林、钱锺书等都是委员。编委会负责编选三套丛书，"马克思主义文艺理论丛书""外国古典文艺理论丛书""外国古典文学名著丛书"（后来改为"外国文学名著丛书"）。从1958年开始出版的"外国古典文学名著丛书"，也就是著名的"网格本"，在五六十年代出版了一百五六十种。我1960年代购买、阅读的许多外国经典作品，大都是这种有权威性的"网格本"。

当然，正像你说的，当代这个时期对20世纪"现代派"文学，还有苏联的被目为"异端"的文学也采取封锁、屏蔽的策略。像西方"现代派"文艺，以及俄国"白银时代"的作家作品，要等到1980年代后，中国读者才陆续读到。

后商：2021年，"洪子诚学术作品集"由北京大学出版社增加了《访谈与对话》一书，2020年10月，《洪子诚学术作品精选》也由北京大学出版社出版。"洪子诚学术作品集"收录了您的大部分著作研究，但似乎也有遗漏。不知道您是否有出版全集的打算？

洪子诚：没有这个打算。出版全集要有一定的资格，也要有相应的出版资金支持，这两条我都不具备。2010年北京大学出版社为我出版了学术作品集，也有点全集的意味。学术作品集确实有遗漏，但是没有收进去的文字有些无关紧要。采取单本书集合的作品集方式，我觉得很好，每本都单独定价，读

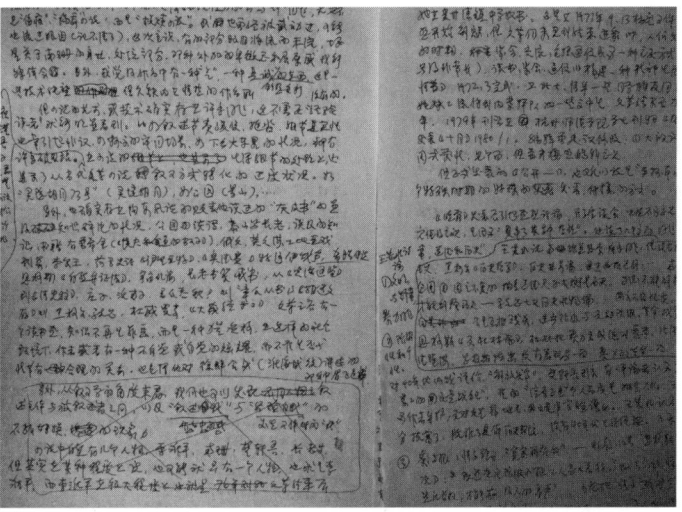

2014年在台湾清华大学讲课讲稿

英文版《中国当代文学史》，荷兰布里尔出版社2007年

者觉得哪本书有用就买哪本，不必浪费金钱，挤占存放空间。

"洪子诚学术作品集" 2010年收入八种，后来陆续加入《我的阅读史》《材料与注释》《读作品记》《访谈与对话》。可能将来还有一两种，如《当代文学中的世界文学》。

后商：您经常将自己放在一个比较低的位置，承认自己的不足，这般持中、保守、稳重的秉性与方式，在人生和学术的历程中，恰好有了跨代际、跨时期的可能。如是数十年，这样的持中，将您带到了这样或许寂寥，又或许雍容的位置。我相信，您的持中或许有其远超乎自身的价值。关于您的性情与学术的关联，您可以再详细谈一下吗？

洪子诚：我经常感到自己不足，这确是事实。不要说我认识的前辈，就是同辈学者，以至于我的不少学生，我和他们都有许多差距。认识到这一点，就有了向他们学习的愿望，有了想办法创造对话、沟通条件的自觉。前些年，我有次和钱理群老师对话就是谈这个问题。我的题目是"我如何成为钱理群的'同时代人'"。这个对话本来要收到2021年出版的《对话与访谈》这个集子中，但出版时不知道什么原因，它被删去了。我引了法国当代诗人勒内·夏尔的话："我们只借用那些可以加倍归还的东西。"可以"加倍归还"自然主要来源于那些大作家、大学者，那些经典作品。不过，我的经验是，如果你肯虚心，也敏锐，在即使不那么显赫的人那里，同样可以发现思想精神的火花。

（感谢臧棣、姜涛、刘复生、冷霜、林培源、许仁浩、程宇琦对采访提纲的修订意见。）

大雅堂

Selected Poetry

Cao Tang

入川遇灵记（组诗）

◎沙克

[川南山雨]

不声不响的山雨
由烟变丝，由丝变珠串
叩在竹林里，发出声响的是
竹叶及根穴里的蝈蝈

山洞那一边的茶村
垒着梯田的茶，铺着平畴的茶
显影在初夏的清亮水幕里
被摘去叶子的残蒂还在逮捉水珠

桃子青中染红
香蕉坐拥在阔叶的枝窝下
山寨的瓦屋门窗全闭
看见和想见的实物
被不声不响的山雨叩得滴答喊痛

不止一条蹊径盘山而上
不止一道溪流绕山流下
山雨渐烈，倾泻如川南的辣脾气
鱼虾伸出脚来随雨水漫游

不声不响的山雨
由烟变丝，由丝变珠串
由珠串变水瀑叩在颠簸的斗篷上
叩在凝视的瞳孔里发出声响的全是心跳

[在万春镇]

在竹根下劳动

吃晚餐，睡有梦的觉
在水边溜达四千年会见鱼凫
讨要一件青铜原有的文字
来解释生活和情感

饮马河淙淙流逝王国的意气
曼陀罗吊着村野的景
湖泊里，鱼翅和鸟翅如游如诉

云絮间的石器光滑如脸
竹笋，长得胖，虞美人，长得瘦
青绿得嫩，黄红得艳

小蜥蜴姓什么，皮肤油亮
在树荫下和温湿的墙根下爬行
分明是缩小十万倍的龙
为这片祖籍做巡护

古蜀躺在泥下
水草和植被生长如初
养蚕打鱼耕种的人群都还在
半古半今，半仙半人

他们把青铜磨成泥，做成许多定语
鱼凫、幸福、报恩、新升、金星
和林、三井、高山、新河……
每个定语后面缀着一个优美的村庄

水里的蝌蚪越生越多
长成树上的鸟啾蝉鸣和路上的车流

上风上水的地方
遇上杜甫并不奇怪他想再住一个朝代
然后搭便车回老家襄阳
遇上陆游也不奇怪他士气太盛
还要刻写家国春秋

遇上我,才是奇怪
融进万春镇的风光和气候
谁也辨不出我来

[谷 底]

凹下去,盘旋着,凹到谷底
再底下的树根,溢出清苦的液体

山体吸足水分,写了出来
写山溪,写瀑布
冲下悬崖山涧,不是写给人看
这是深谷既得的生活

要是我,做得了石头下的一节
根须,会尽量把液体含得
久一些。再久一些,先在自身循环
再和泥沙、蜥蜴一起生息
避开太炫的光照
蛇行于山道、溶洞,游进暗水
避开生人和松鼠
免得对方惊慌,坏了深谷的风度

我来与不来,谷底的容量有限
主宰生态的毅力
是大到榕树,小到蕨草、水珠的制衡
从上面落下的尖吻鸟
羽毛有黄褐灰三种命相
天上天外的那种大,跟随它下来
变成沙砾和虫子的这种小

一场暴雨,暴风雨
可不是嘴上说说的狼来了
眼下暴风雨骤起,旋转、冲刷
对准谷底
肃清我思路中的人迹

[向落叶行礼]

秋冬交接的关口
溪水,仅仅是溪水,流得清脆
绿着的叶子细听风语
一心还想绿下去
红着的叶子失却水分
红得更深,变褐,生出性格的黑斑

白的、紫的、蓝的叶子
铺在地下的色彩大全
宽的,圆的,细长的,尖、羽、齿状的
筋脉交凸,每一片都有户籍
分不清它们来自什么根系
叫不全这样那样名字

更多颤抖的黄叶
卷了毛边,叶蒂半离半连着枝条
听了下头的水声毫不惊慌
抖动的频率像心跳那么庸常
我捏着汗,连头发都碰不得它们
生怕一碰会把自己摔进深渊

已经有不少卷边的叶子
自个儿摔落,有的洞蚀,有的裂碎
丝络离离。我踩到的这两片半
不是一起坠地的,入乎其内
一片鹅黄,一片深黄,半片灰黄了
列显着从秋到冬的痕迹

叶子的形色,分得仔细
悬挂的,飘零的,落地的,牵系着
原在的流水之虫,却被渐次风干
具象于衰微或残缺,还在运行自我的节气
我细察、感受,心静手润
拿出一注注和气的行礼的目光
各投它们一票

高处是何处（组诗）

◎石莹

[山歌]

风从垭口吹进来。在山谷里回旋
制造出声响——
是我这些年听到的最好听的山歌
彼时赶着黄牛回家，发出的吆喝的
一部分人，已背弃他们面对了一辈子的黄土
奔赴了更深的土层
另一部分像被吹走的蒲公英
在异乡开枝散叶，根植下来
只有山风留在原地，持续地唱歌
唱得老屋瑟瑟发抖
泥巴墙垮塌
唱得泥土归还给泥土
乡音归还给乡音

[躲雨]

老天爷对于穷孩子，也没什么
好办法。它要是下雨

我有泡桐叶，要是下得再大一些
还有敞开怀抱的老屋檐

那些老瓦房多好啊，也不欺生
认不认识没关系，挤一挤

再上一个。雨停了，就一哄而散
落下的光脚印——

留给一群麻雀儿，慢慢辨认

[高处是何处]

春分过了，樱桃快掐得出水来
羽绒服又穿上了——
我无法形容，这春寒反复的料峭
就像俯首于小径。一路
披荆斩棘，筋疲力尽，
却依旧看不见山巅
像我这样的小人物，也期望
肋生双翼
——但也只是想一想而已

不是每一只麻雀都会飞上枝头
更多的只是敛声屏气
无所谓欢喜，也无所谓忧伤

[缺 口]

龙山小学，爱逃课
但是围墙是围堵不了这些

小动物的——
他们在墙根上，用自己的触角顶开
诸多缺口

上课期间你就会发现
他们就此自由出入，让你哑然失笑

我也是热衷于钻洞之人，只是
这一次
钻进去再出来，竟然已是人近中年

[空 白]

写字的时候，不宜顶格

枝丫会在留白处生长

看天空的时候，也是
目光越过眼前的树木，空空荡荡
容得下一个人的胡思乱想
如果不可以，就在逼仄的空间
和面前的自己唠唠嗑
——桀骜像树枝，与天马行空一起
止不住地
从疲乏躯壳的裂缝里
生出犄角

晨曦与鸟鸣（三首）

◎雷元胜

[每一天，我们风尘仆仆]

午后的一场大雨，有树木倒伏
我有短暂的沮丧、倦怠

我钻进地铁
钻进各种电梯
换一个说法就是——
我就是一只蝼蚁
钻进各种已知与未知的旋涡

当我凝望星辰的时刻
月色才落满我的怀抱

[晨曦与鸟鸣]

星光陈旧

崇化路又一次苏醒

一开始婉转悠扬
后来，喧闹
像极了我们叽叽喳喳的人间

繁花开尽
万物还是欢喜的模样

[一辆绿皮火车在黑夜里穿行]

第一次写到绿皮火车
它满载疲倦的人

我曾试图剖析一辆火车的内心
它一去不复返

"哐当、哐当"——
黑夜茫茫，仿佛它的喘息一声比一声轻

拿出足够的智慧尝试犯错（外一首）

◎庞清明

拿出足够的智慧尝试犯错
就像月夜盗取的珍珠
闪耀幽微的光

不用担心世界独断于
功过，清水月色
在我们犹疑的指尖溜走
仿佛白驹穿越沙漠
春风剪断垂柳
给睡莲以无尽的禅意
生活就是物我合一
点滴的记录
更是内在的显明
必须克服决断的恐怖
看齐寂寥的先贤
为信仰的珠峰负责
不要在恍惚中抛离本性——

[我想我更应拿出……]

我想我更应拿出
象征的胆识与若谷的襟怀
历练现实的洗礼与迷梦的破灭
而非莫及地追悔
如皓首的冯唐
为耳际的荒岛惴惴难安
蹉跎的就勇敢承受
命理的讽喻与暗地的角力
就当是神灵的考验
过去的让它快速翻页
迂回的贸易风
险中求的虚拟币
将诅咒孵化为灵魂的呼告
漠视转化成自我警戒
每次波折均是对凡俗的超越
流逝的是黄沙，留存的是真金——

说红楼

◎汪贵沿

站在三月的桃花下
总会想起黛玉葬花的凄凉
那一把花锄,埋藏奇缘哭累多少青春
那一寸芳心,拨弄七弦弹瘦多少相思

一曲清词,擦亮人间爱情
二滴眼泪,泡倒红楼官墙
那伤愁断肠的思念啊,染红了桃花
染红了心比天高命比纸薄的笔墨粉黛

只怪一个是阆苑仙葩的痴情
一个是美玉无瑕的呆纯
一个在天,一个在地
注定是水中月和镜中花,却偏与命运争

最后落得多少眼泪载凄凉
弄痛了春风,弄痛了月光,弄痛了千年爱情
风刀霜剑砍下了春夏秋冬的悲喜
花开花落让金陵洒上空枝见血痕

红楼梦,梦红楼红楼梦里醉红楼
一颦一笑的目光也难弥留瞬间
所有粘满西窗的柔情都是空劳牵挂
所有海誓山盟都是落花无情东逝水

礼物（三首）

◎詹义君

[礼物]

丝瓜下架了。
一整天，我都待在后园里，
拆除瓜架，铲草，挖地，种植时令蔬菜。
多么安静的一天。
栽第二畦莴笋苗时，我回头看见
小黄狗蜷着身子，睡得正香。
黄昏，一只鸟停在竹篱笆上唱歌。
我放下手中的活计，害怕
惊扰这唯一的造访者。

夜里，读夏目漱石《草枕》，
随兴所至写下几句分行文字——
不想用来取悦任何人，也不打算
贱卖给明日的早报换取虚名。
这样多好：
月光透过窗前的芭蕉叶，
在稿笺上辨认我歪歪扭扭的字迹。

[晚课]

天色渐暗。
我放弃了在一首诗中的徒劳——
安置犁铧、旧信、菜市、大海；
安抚雏菊和老虎、故乡与远方。

蟋蟀在草丛中修理秋天的马车。
我会放慢脚步，
轻轻穿过它的孤独。

再熟悉不过的小路。
往返多年，我
没有走出李白，或者柏拉图。
如今，我越来越像识字不多的父亲，
心绪平静，安于晚饭后的日课。

星光寥落，我知道如何避开鬼针草。
我早已放下童年的厌恶，
学会了对万物怀抱宽容之心。

村口的废井边，柿子树一如既往
站成等待的姿势。
有时，天空会下雨。我会
突然想起已经失踪二十年的邮差。
此刻，你以为我会感伤。但我悄悄转身
把背影留给了风。

[危栏]

落日孤悬。
母亲手扶栏杆站在坡顶，夕光中
她的满头白发，一再虚弱了秋风的怜爱。
我多么想说服自己：
相信岁月的谎言。

母亲弯下身子，
用另一只手慢慢牵扯瓜藤。
瓜熟蒂落，一个硕大的南瓜挣脱轨道，
七歪八扭滚下了山坡。
栏杆摇晃几下，没能拦住
母亲的惋惜。

那是父亲用竹竿搭成的蔬菜架。
春天以来，爬过四季豆、苦瓜，还收留过
一株迷路的喇叭花。

喇叭花嘴巴大，见人就说风吹雨打——
蔬菜架快散架……

秋天突然变得危险。
现在，母亲背对夕阳，斜靠竹栏，站在山坡上。
光亮渐渐幽暗。我压制住忧伤。
黄昏无边，与我一同
陷入沉默。

风掌握着全部修辞

◎尔东马

风，是有心情的
积雪渐退，簇新的麦苗荡漾开绿色的隐喻
剥开陈灰，用曾经浴火的野草对时间设问
又绿了江南岸，是愿力，是对信念的咏叹
疾风不一定是对劲草抒情，君可见骤起的风沙
是夸张和无奈的反复，是苦口婆心的劝告
不信你听，松涛知道，海浪知道

不是每一阵风，都有肉眼可见的杀伤力
对世界的磨损，是一串温柔而轰轰烈烈的排比
比如杜甫的茅屋，每一座在时间里矮下去的高山
比如千千万万曾经伟岸的残年，甚至道德和信仰
有些风握着迷雾，从来清醒的人，内心生出轻狂
可举的例证太多，我只说风车下的堂吉诃德
说东临碣石的曹操和赤壁纵火的周郎

没有人比风更古老睿智，也不会有人
比风更青春多情。你看他玩世不恭的性格
却拥有最高贵最丰富的内心。你有多少

小肚鸡肠的闲话,他就能担多少风言风语
全部宵小之徒的做派,都能包揽于歪风邪气
当然风清气才正,像淳朴的乡村晌午的炊烟
我们总是,拜服于那些雷厉风行的人
谁没有梦想过,赶上风起云涌的时代
闯出风生水起的事业和风风火火的人生

终归世事一场大梦。最恼人的风
必从厚厚的典籍里吹来,李白吹过
杜甫吹过,苏轼吹过,你吹过,我也吹过
风过处,那团熟悉的白云
就东一下,西一下,在天空飘荡
身下,是稻熟麦香的土地
身后,是或圆或缺的月亮
一写到月亮,我的父亲就从那条泥泞的小路
深一脚浅一脚地走来。路的那头
仍然是那时清汤寡水的生活,鬓发斑白的妈妈
在灶台边忙碌,高一声低一声,哼着幸福的歌

隐身术(外一首)

◎沈惠玲

我不在这里
在这里的是窗台上的尘埃。墙角的蛛网。以及
壁钟里咔嚓的时间
是时间让我听到自身的回音

我不在这里
在这里的是冷却的茶。桌上的书。稿纸上的字
每一个字都有偏房、部首和释义
是它们在替我呼吸,替我痛

我挣脱自己的时候,星辰和朗月交替出现
神在给人间指出一条路。而我
在我的黑里反复清洗自己

[明月千里]

千里之外,我们共用一轮明月
共用它的圆缺和悲喜

我走在还乡的路上
你正在奔赴大海的途中
哪一条路径,都为明月所照耀
都是明月朗照下的辛酸和泪水

它是一剂良药
照出我们骨头的同时
也给予我们治愈的力量
——残缺的,破碎的,正通过它的渐渐盈满
获得新生的秘密

明月千里
当我思念你时
它白驹一样,脚下生风。在你我之间不停奔走
带来世间最好的情谊

慢城,慢生活
◎雅北

静止是种生活。一树树花海里
整个村庄都会安静下来

在一艘移动的船上,房屋轮番而过
仿佛它们曾在雾里,缓慢着
被一盏盏红灯笼,盘旋树冠

我用了一生的时间
来逃离。日益繁复的尘世

在慢城,人们用茅草搭成屋棚
一些人会不带行李来
四面围居我们的
山野。刚好可以摆下一只躺椅
向晚的时候,嘴喙微红的
鸟儿,正在把过去的水软化

春潮涌(三首)
◎鲁川

[春潮涌]

没有谁能屏息　波涛汹涌的一瞬间
仿佛树梢掠过　火车巨大的轰鸣

洪峰之上　危如卵石
脆弱的内心　平静若纸
一种洗练　呈现出岁月之姿　裸如婴孩

挥毫泼墨的移师背后
狼烟已经疲软　河山难诉沧桑

[我的茅草屋]

文字的细草　诗词的支架
蓑衣的顶篷　瘦骨的梁椽

不为五斗米折腰
只图梁上君子　时常打秋风
晚来的光顾
明月　清风　壶中酒　水镜花……
平生足矣！

与空山对弈　拜长月为师
在药罐中熬炼鱼尾　雪水　茶茗　图谱
跫音的风雪夜归　潦倒的贫困交加

任凭风吹浪打
哪怕再飞来一粒雪　一座天外峰
那　也还有一根稻草　不能压垮

[斑竹泪]

一滴湘妃的红颜　痴情了多少千古梦幻
而淋湿的那片云雨　可与一首词等身

竹已空　竹中泪　依然迟迟不肯落下
一滴　向晚而泣
一滴　失去了人间烟火
一滴　尚在帝王坐怀缱绻

纵是白驹过隙　竹林千丛
纤纤啼痕　与烟霞齐飞
转首　已是大梦一场　夕阳空

出生日

◎陈鑫

这一天　所有的人可以忘了我
但母亲不会
我第一声啼哭向世界宣誓的声音
是母亲承担了所有的折磨与疼痛
十月怀胎
仿佛是一场生死之间的苦役
当浩渺的群星闪耀夜空
是母亲给了我一把开启宝藏的钥匙
是母亲用历经一生的苦难
为我撑起了这波澜壮阔的人间

在长海（三首）

◎理坤

[在长海]

太阳很早就从岷山的雪峰顶那边晃过
在长海，是看不见落日的
更别说日出，你只能看到阳光
升起时最中间的那一段
这个最大的高山海子寂静得近乎无声
没有开始，也没有结束
就像人的一生，最好的年华默默给你
在长海，雨水来得没有任何征兆
一会儿有，一会儿消失
甚至你都不知道这停顿还要不要继续

在山顶，腐烂也是持久的
那些硕大笔直的杉木倒下去多少年了
至今仍然清晰地保持完整的肉身
在长海，所有存在都是最灿烂的那部分

[阳光照在暮秋河上]

清晨，阳光像洗过般明亮
落在江面和两岸大片的桦树林
那样宽阔，那样干净
这个秋日的上午，我把自己择空
只想些让我温暖的事物
仿佛从未有过亏欠
静静地看着一些鸟儿在眼前飞过
有些成群，更多的埋头单飞
阳光照在暮秋的河上
处处都透着澄明与清澈
似乎一切均已尘埃落定或被接受
像秋后的江水不再汹涌
不再有远大的奔赴
我有着落寞过后的巨大平静

[厨 道]

我每天宰杀各种可以食用的物类
当然也包括四季瓜果时蔬
并把它们处理成不同规格的模块
烹制成大家各自喜欢的味道
然后，又想尽一切办法恢复原样
赋予它生命。你们称之为美食
而我每天重复着这种毁灭与再生
对于我来说，这只是个工作
我只是提前领略了生死
不断地练习如何在人间循环往复
而更多的人还隔着茫茫的尘世
我已不再好奇一个厨子
干着卑微的事，为什么还要写诗

风声（外一首）

◎吴艺

玻璃上留下灰尘
如它来过留下记忆
声音穿过缝隙
透明的软与坚硬摩擦
大自然的穿墙术
在你听到时
窗外的树林已经摇摆不定
此刻心境，如在读的
"人物与回忆"，过去晦暗不明
翻开每一页
就有一阵风的痕迹

[黎明时分]

是黑暗退却的时候了
拿开遮住苍穹的
黑布。醒来的眼睛
有了光亮。回升的温暖

传递给人类。星光与路灯
逐渐暗淡下来
喷薄而出的朝阳来临
微弱的存在如走出洞穴的

火把。河流奔向遥远
微澜与骇浪交替出现
鲜明的态度，此刻
一目了然。山峦的静默也由此

醒目。树林开始因为鸟鸣
喜悦在树梢半遮半掩

鹧鸪的叫声从更远处传来
在工业时代闻听农耕的诗意
仿佛时间与历史
只在黎明时分穿越邈远

千年古树（外一首）

◎刘 创

环顾四野，已是一棵举目无亲的树

那么多的朝代，闪过树的阴影
那么多豪情与光芒万丈的人
都只是一只只蚂蚱

不断清理寄生的侧枝
芟除生命中那些多余的部分
只做一个简简单单的乡野百姓

而一棵古树庞大的根系
仿佛正伸展到我灵魂深处

更像我的祖先站在那里
有好多话要说
望着我，却一言不发

[落叶缤纷]

上天的暗语，像一片片羽毛落下
这些单薄的生灵，舞动着某种隐喻
一个转身的姿态，优美而娴静
时至冬日，被寒风洗劫的树叶已所剩无几
昨夜的梦里，我久久地守候
最后一片叶子最终未能飘落下来

树能够说的话越来越少
树的思想如此空无，又如此饱满

霜降已至，清扫树叶的那个人
并不是焚叶取暖的人

我正匆匆忙忙赶着回乡，没有留意身后
一片叶子，正好挡住一只蚂蚁的去路

夜走儿时路，遇见芦花（外一首）

◎项建新

学童时走过的路
最终摇曳成了几束芦花
时不时地在心口晃动

时隔三十余载
在明月的陪伴下
我夜走儿时路
竹叶潭更是深沉了
挂钟尖更是明亮了
通洲桥更是温暖了
甚至在一处老地方
再次遇见了芦花
它们在我面前招摇
像是遇到了老相识
我愿意相信
那就是我儿时见过的
那几束芦花

此时　溪流中
竟然有水鸟飞起
应该是白鹭

[致我的故乡岩下陈]

我的村庄
依山傍水
几条山路
直通山顶
或大山之外
一条小溪
潺潺流淌
无暇顾及人的想法

山路有时像河流
向下流淌
也会抵达大海
溪流有时也像山路
能一路逆行
直到天尽头

那时的冬天不冷
◎清香

风把石头吹进黄昏
黄昏把羊群留给平静的夜
星星出来得很早
而黎明醒来得有些迟疑

母亲叫醒我们的时候
就有鸡鸣叫醒云朵
它们飘得前赴后继
我们背着书包雀跃在乡村小路

那时的冬天不冷
夜里，电灯只亮到十点
可我们知道，只要有父亲点着的炉火
就是我们最大的幸福

相思成灾
◎小孩

母亲女儿心心相悦
无话不谈相思成灾

山河远阔，人间值得
无一是你，无一不是你

轻言细语，爱的答卷里
你终于获得了满分

时间空间重叠
彼此确认，彼此的爱

一起走过的日子有璀璨
而你已迷路，不再归来

母亲怎能忍下女儿
让她孤独沧桑

万卷诗书少了母亲二字
一杯浊酒平添苦绪断肠

没你的日子我就是你
人间烟火里你就是光

记 忆

◎王晶

一根线，串起一辈子
用新缝合旧。爱情的布料
幸福是面子，艰涩是里子
用扣子当锁，锁住一生

母亲用尺子量着儿女，量着时间
不经意间量出白发

父亲用烟丝数算着口粮
用烟雾圈住一个家
烟雾散尽就出了皱纹

父母没量出儿女一生用多少布料
没有数出一生多少个春秋冬夏

针还在，线却断了
一块布，一生情
需要用一辈子完成

看外孙女弹琴

◎沈文军

七岁的手指弹跳有力
在肖邦练习曲中穿梭

"我要弹自己的曲子"
音乐优美,旋律动听

在溪涧流淌
在树林鸣叫

是的,玩具就是她的生活
小狗小猫就是她的图画

窗外掠过田野,河流,山川,房屋
我赞成这自然之美

早 秋(外一首)

◎紫藤晴儿

一定要走进你的山水之中
方可了解你
漫漫的长夜,你听到的琴音悠扬于现在
时间的划痕永恒于一种古老的美意
我也喜欢那些发光的事物
比如你看到的萤火
好像那些光可以用来照见孤独
或者也可以用来旨意着什么

你笔下的万物我都喜欢
雁群移动的天空，时空之内我用那些雁群
来辨认晚唐
仿佛我也可以是那时的唐朝人
也可以成为你的兄弟，情投意合
旷逸闲适
超然于那些复杂的世事
或许这样是对的，或许这样是错的
但是万物都会有它的重量
草木之中的哲思
一定是对的
你的秋天，现在到了我的春天了
万物轮回，你在哪呢？
是否是那片新生的叶子，我一看到那些葱绿就会想起：
"淮南一叶下，自觉洞庭波。"

[江乡故人偶集客]
——与戴叔伦同题

在你的秋天见到的黄叶好像和现在没有什么不同
时间只不过是一片叶子黄了又落，落了又黄
只是这千年之中，不知道要落了多少片叶子
却又一直金黄在你的诗句里
仿佛遥远的事物什么也跟不上，抓不住
只你的诗句可以供时间阅读
长安城的客栈或许已经找不到了
摧毁于时间的也有碎片般的瓦解
但你的兄弟和你一直就住在诗中。天没有亮
梦没有醒
时间茫茫的可以一直被一个梦拖延着
只有鸟雀被风惊醒，虫鸣催促着
夜晚
你的心，温润于人间的情谊不被时间所淹没
一生的漂泊和辛劳仿佛需要一个长梦来取舍
剩下一个圆满或完整

实验经纬

Experimental Poetry

Cao Tang

[编者语]

　　叶丹擅于在语言的修辞中构建自己的理想国，他一以贯之的诗歌偏执和探索，使他的诗读起来常有艰涩之感。他避开诗歌题材、内容的安全区域，在无人注意的角落挖掘新的诗质，他对诗歌形式的注重也成为一个醒目特点。在叶丹的诗中，他者的视角大于自我的表达，因此涉足的面比较宽广，对于历史的重述，对于物象的多侧面打开……他更像是通过诗进行着一种研究性质的成果报告，着尾点却又是当代的和当下的。

　　林丽筠的诗避免了很多外在的物象和社会秩序，直接在感觉上着力，她并没有显得轻飘或坠入一个危险的表达境地，而是用良好的诗歌素养凭空抓取。她跳跃性的思维，让每个句子独立且有自身的重量。她陌生的想象力，直接成为一首坚实的诗的点睛之笔。个别诗作中，她意识到词语之间生成的空间，盛放了更多的事物进来，以及那种即时性的随意表达，让她的诗作灵动又厚重、鲜活又端庄。（吴小虫）

美猴王考（三首）

◎叶 丹

【作者简介】叶丹，1985年生于安徽省歙县，现居合肥。出版有诗集《没膝的积雪》《花园长谈》《风物拼图》《方言》《考古杂志》。

[歇 力]

"要么在山顶，要么在两山之间
颠簸。"我们必须翻山，因为我
深知矿工作业的凶险。"娑婆世界的

苦难，发炎的人间，正是西行的
缘由。"路窄如鲫鱼背，我们
像练过杂技的雨立于其上而不滑落。

这里是雷区，路灰暗如干枯的莲梗，
跌入乱棘镂雕的丛芜，荆棘齐眼高，
望不到去路，我剖出路来，像水流过

沙滩，手搭凉棚，视线尽头的风景
将在氤氲变黑之前与我们汇合。
我的师傅是个书僧，志在取经，

做吠陀的译工，转述经卷里的月光
之白，"我的工作就像照拂一枚卵。"
在荒野，他就像一顶蒙黑漆皮的灯笼，

连自己都无法照亮，如两脚书橱
储存着不能表达的光，他慈悲在怀，
夜里也不点灯，怕引来飞蛾自投，

只得在矩形的黑暗里打坐，夜住晓行。
我们的落脚点总能引发妖怪的骚乱，
在他们目光的聚焦下，师傅的出现

总能兑现妖怪至深的天赋。在白虎岭，
忽有乌云浓密，黑挟持了云偷运
新鲜的消息。师傅说要停下来歇脚，

并递给我一只饥饿的钵，"它没有把柄，
可以从任何方向执捏。"当我发现
有妖怪倒挂在云端测听我们的足音。

[怀旧的云端]

有时候，我腾空得太快，重心跌出
身体以外。换个角度，我用单筒
望远镜编校了荒原的细节，野云

足有万亩，云掩蔽山尖，山高到
连消息都无法翻越，我乘上
一朵云，勾起我从前云端的生活：

我是无花之果，由石头胎生，餐露
而长，所以我得住在由因果积成的
山上，那儿布满了因果的轮回

主宰着傲来国，山涧水由天而落，
没有源头，却远通山脚之下，
直接大海之回涌，透支的海面沸扬，

似是人间的不平。所以我以枯松
编筏，往海外斜月三星洞求学，
播谷，劈柴，学习洒扫进退之术。

修竹每每沾到云，"它无筋骨，担我
万里。"我的衣着让我看起来更像是
一朵移动的荆豆花，后来因为在井底

叫渴而被逐出师门。我从海底借来
金箍棒，它有被想象力征服的
不固定尺寸，事件引发了天庭诉讼。

我不喜欢天庭的年鉴，总是充塞着
伪装的和睦。它的巨大虚假
数据需要一个矩阵服务器来担负。

[被镇压的童年]

猴子都是二进制的，无腮，谈吐
不经思考，最后卷进天庭风暴的
中央，被一道符镇压在两界山。

五百年，顾影唯一，山中无人
与我共享邮政编码，我赤裸于山体
之内，它并没有从牢笼变成忏悔室，

一滴经月光腌制的露水，只要是
圣洁的，就足以将我喂饱。
太阳固执地推移着山影，永不退役，

等日落月升接管山川，树杈上染的
一点白光，减缓了我的不幸，
"月球明亮的部分负责供暖。"

我像条鲤鱼，困在一摊浅洼里，
"水域无论面积大小都是完整的，
与大海无异。"两界山扣押着我，

听凭内心的冲动被它的重荷压制。
五百年，激情的旋涡在废墟中
生成。卡在石头之间，我有理由

怀疑世界的乌有，我最担心法力
在冷酷的世上枯竭，像消磁一般。
单调无法驱逐，我整日假寐，

等一位东土和尚。换句话说，为了等
他的垂青以及换来自由的代价，
我成了紧箍咒的人质，几乎是圣职。

此在（组诗）

◎林丽筠

【作者简介】林丽筠，广东省揭阳市惠来县人，
生于1980年。诗作偶有发表。

[灵魂知道如何对自己下手]

它在抓取什么？
空中，手的无数轨迹呼喊：
"看着我——我的亮光！"
"看着我——我的伤痕！"

它挣扎,或者舞蹈?
它在众人中,仿佛在舞台上
它捧出檀木盒子,隐去脸庞
——珍珠,永远是
涌自暗黑的光芒!

"抓住我!我在下降!"
爱我!我如此破碎!"
它知道如何对自己下手
——缓慢——优雅——引爆

满天星斗,可是毁灭
的瞬间火花?

[此 在]

我能找到你吗,在那些瞬间
飘浮的,霓虹般的
每一刻?夜游动着,仿佛无数小鱼
影子斑驳的人们收留它

如果我剖开时间
坚硬的外壳,或者沉坠
像一片花瓣忘掉了自己——
我能遇见你吗?在一滴水身上
能否找到大海?

我已经如此疲惫
有时候,一秒钟和另一秒钟
隔着整个荒原
有时候,一次回头,足以将余生固化

凝固是从哪里开始的?
手指?眼睛?或者更加细微如发梢?
盐柱里的灵魂能否低语
对它自己?

但我仍然倾听你,努力地
在时钟的每一声"嘀嗒"中,张望
——桥——我仍然是一个等待泅渡的人
为了在此刻,23:35 跨向 23:36
不至于被大水淹没

[你是它的歌]

似乎在等待
力量,以某个形象走近

在目光的深井里
获知渴的意义

遥远的桃花,中国戏曲
扇子打开一张
反串的脸——

灿烂而孱弱
夜是沉重的国度
选择有力的肩膀

你是它的歌
你有足够的勇气
被它抓住

[射 手]

所有射出去的箭都在途中掉头,奔回射手自己
他知道这样的结局
他期待这样的结局
在幸福得近乎痛苦的震颤中
他安顿了自己
以及虚构出来的世界

子美
逸风

Traditional Poetry

Cao Tang

赵无论诗选

◎ 赵无论

[城南杏花滩与友饮]

昔我来时花未开，一枝枯叶照楼台。
雪残远色山才绿，风乱近声鸦更哀。
今日芳菲真烂漫，半城缱绻尽徘徊。
与君相对直须醉，高卧花间能几回。

[自遣]

栖止衡门终是命，娶妻姜女复何因。
斩云难觅倚天剑，顾曲还期知乐人。
万卷三更常奋笔，千金一饭久沉沦。
蚁封铅椠竟何事，誓与圣贤相卜邻。

[年过而立，始近钱塘湖，感而有作]

冷眼众生纷似蚁，热肠先圣子如仙。
多情消减千回梦，辜负西湖二十年。
远路风尘终有见，深宵心念恐无眠。
试倾云水洗迷眼，何处人间不可怜。

[赠卢文娟君]

娟君秦省著芳名，爱我文章狂荡情。
夺席有谁来侧耳，驱车无路放悲声。
长安城里曾同饮，窟野河边又独行。
何日还为花下客，清风明月话平生。

[憩隐神木东山古佛洞有感]

世人多是龟浮木，流转恒沙无际涯。
必忍无心歌利劫，只吟有口赵州茶。
空山豹隐惧风雨，碧海龙潜笑蟹虾。
泛泛亲朋迎圣诞，荧荧吾辈爱袈裟。

潘泓诗词选

◎潘泓

[朝过使馆区]

三里屯中百二家,绿红庭院静无哗。
可怜昨夜黄风起,吹落妖娆四月花。

[蓝色港湾蔷薇]

摇红曳紫碧湖边,报答春恩又一年。
几簇柔藤开谢里,不惊风雨不惊天。

[立夏随笔]

形骸渐已适温凉,园竹扶疏苑草长。
蝴蝶生涯争入夏,蜩蝉印象总无霜。
果然出户衣裳减,得遂巡城耳目忙。
朋友昨曾谈蛰伏,昊天不意有柔肠。

[有 暇]

城外千红万绿颁,国槐门巷尚闲闲。
聊天话散油盐味,打卡车来四五环。
片片晴云飞彩鸽,重重大厦隔青山。
是知此处宜蛙坐,烟火人情酽未删。

[满庭芳·西府海棠]

蓟露春深,燕云日暖,香醺巷陌人家。铜枝铁干,簇簇出青芽。赤蕾姗姗袅袅,煦阳里、招展仙葩。垂丝缕,佳人妆罢,态度世同夸。　　八方都瞩目,安能忘却,寒暑生涯。幸扎根柔泥,展叶晴霞。美我尧乡禹甸,初心在、事业无遐。和风里,妖娆竞发,朵朵是芳华。

曹丰词选

◎曹丰

[声声慢·童年]

一眸流水，几处柳树，看万竹引霓虹。也曾朝吟夕醉，意兴交融。也曾云霞异彩，怒马还、顾盼生雄。岁苒苒、看长江东逝，心慕归鸿。　　少年拏云壮志，怎堪比、童真童趣醇秾。敝屣华妆稍着，快乐迷蒙。竹马踉跄径去，纸鸢飞、跋扈清风。此中意、彩笺铺真素，岂任匆匆。

[永遇乐·登四姑娘山]

新月如霜，晚风似会，岩壑千里。草色含烟，山形破雾，身与浮云悸。茫茫雪岭，攒峰叠石，遽尔此间吊诡。雪纷纷、风来天际，梦里五度魂毁。　　拥寒难寐，蹒跚迤逦，为爱三更憔悴。峭壁崆峒，飞临垭口，焉顾身心累。绝望坡后，大平台上，万顷云涛臻美。越峰顶，仰天长啸，今生勿悔！

注：绝望坡，因山陡路长得名。

[望云间·辛丑中秋]

秋影金波，飞镜再磨，街灯相映山河。看长空万里，良夜而何？云润纱窗绮梦，清辉尽惹婆娑。瞰南楼明月，偃蹇蛟龙，观阙嵯峨。　　佳期照旧，一梦从容，赏心再唱云柯。难得今宵无垢，思绪滂沱。殊少世间烦扰，填膺万感纷罗。列星焕彩，对初弦月，把酒当歌。

[苏幕遮·元宵佳节]

雾深沉，车似漏。笑语盈城，翠色和烟厚。双子高楼灯正秀，太古春熙，一派香风透。　　莫停杯，情为酒。宽巷深深，月吻芙蓉瘦。岁序元宵频顾首，惜别依依，大展雄文手。

[小重山·夹金山下]

一阵罡风拂翠微。看平凡草树、浸离悲。英雄自古撼天危。苍弘碧、魂去也、叹无归。　　猎猎展旌麾。人间伏虎毕、煦风吹。夹金山下斗星移。中国梦、施重墨、写光辉。